MARTIN MUSER

Kannawoniwasein!

Manchmal kriegt man
einfach die Krise

CARLSEN

Außerdem von Martin Muser im Carlsen Verlag erschienen:

Kannawoniwasein – Manchmal muss man einfach verduften
Kannawoniwasein – Manchmal fliegt einem alles um die Ohren
Ein Fall für das Tandem – Das rote Känguru

AUCH ALS HÖRBUCH BEI SILBERFISCH

Dieses Werk wurde vermittelt von der
Literarischen Agentur Charlotte Larat rights & audio
Umschlaggestaltung und -typografie: formlabor
Umschlagbilder: shutterstock.com © bejo (503562994), © lantapix (137393975), © nikiteev_konstantin (284881421), © Lauritta (342357614), © Chipmunk131 (618408911), © r2dpr (726381655), © Humming89 (130073159)
Lektorat: Wiebke Andersen-Oberschäfer
Layout und Herstellung: Karen Kollmetz
Satz: Pinkuin Satz und Datentechnik, Berlin
Druck und Bindung: GGP Media GmbH, Pößneck
ISBN: 978-3-551-55395-9
Printed in Germany

Für alle, die mit-, neben- und
aneinander wachsen

1.

Schlammbrühe und Partypläne

Hände, Füße, Arme, Beine ... ein Pulk aus zuckenden Körpern wogt durch die Nacht ... Finn steht verloren am Rand ... die Musik dröhnt in seinen Ohren ... er weiß nicht, was er tun soll ... langsam bewegt er sich im Takt ... es fühlt sich komisch an ... Glitzerlichter fliegen über die Köpfe ... Finn reckt den Hals und schaut sich suchend um – und da sieht er sie: Jola! – Ihre Locken fliegen durch die Luft ... wie ein wild gewordener Flummi hüpft sie in der Menge auf und ab ... Finn schiebt sich zwischen den schwitzenden Leibern durch ... kommt näher ... Jola tanzt ... die Augen geschlossen ... ihr Gesicht nass vor Schweiß ... Finn spürt den stampfenden Bass in seiner Magengrube ... er streckt die Hand nach Jola aus ... aber da kommt der Refrain ... alle reißen die Arme hoch und singen mit ... Jola öffnet die Augen und strahlt Finn an ... aus ihrem Mund kullert ein glucksendes Lachen ... Finn guckt verwundert ... die Laute steigen wie schillernde Seifenblasen in den Himmel ... alles scheint plötzlich schwerelos zu werden … Finn spürt, wie seine Füße vom Boden abheben … er ist auf einmal ganz leicht … er streckt haltsuchend die Hand aus … will nach Jola greifen … aber er steigt immer weiter in den Nachthimmel … höher und höher … unter ihm wird Jola kleiner und kleiner … verschwindet in der wogenden Menge … Finn will rufen, aber er hört seine eigene Stimme nicht … die Musik wird leiser und leiser … der Häuserteppich der Stadt liegt weit unter ihm … durchzogen von hellen Adern aus beleuchteten Straßen … Finn ist ganz allein … hoch oben zwischen den Wolken, und da spürt er, wie er fällt … tiefer und tiefer … immer schneller und schneller … rast er auf den Erdboden zu …

»Ahhhhhh!« – schreiend strampelt Finn die Decke weg und reißt die Augen auf. Helles Tageslicht blendet ihn und er blickt direkt in Jolas Gesicht, das sich grinsend über ihn beugt.

»Hey, du hast geträumt!«

Finn blinzelt benommen.

»Deine Beine haben die ganze Zeit wie wild gezappelt.«

Finn richtet sich auf und orientiert sich. Er liegt neben Jola oben auf seinem Hochbett in der Grimmstraße.

Und jetzt fällt ihm alles wieder ein. Es sind Sommerferien. Jola ist zu Besuch bei ihm. In der »Tzitti«, wie sie immer sagt. Eine ganze Woche! Gestern Abend haben ihre Eltern sie gebracht. Die mussten eh nach Berlin, weil sie einen Termin hatten. Wegen einer amtlichen Geschichte, irgendwas mit einem Visum. Alle waren da: Mama, Mukhtar, sogar Papa ist aus Neustrelitz gekommen und hat für Jolas Eltern Ewa und Jacek seine neuen veganen Seitan-Rouladen gemacht. Mit Röstzwiebeln, Senf und Essiggürkchen drin. Und es war schon nach Mitternacht, als Jolas Eltern dann wieder nach Vehlefanz aufgebrochen und Finn und Jola ins Bett gegangen sind.

»Komisch«, sagt Finn immer noch leicht benommen. »Ich hab von einer Party geträumt.«

»Unserer Party?«, fragt Jola.

»Na ja«, sagt Finn. »Wir waren da ... und noch ganz viele andere Leute ... und am Ende bin ich in den Himmel geflogen ...«

»Geflogen!«, sagt Jola und wackelt mit den Zehen in der Luft. »Genau so 'ne Party machen wir auch! Wo am Ende alle fliegen!«

Finn schaut Jola an. Sie sieht eigentlich aus wie immer. Nur die Haare sind verändert, irgendwie kürzer als sonst. Aber Finn hat ja selbst auch eine neue Frisur. Bevor Jola kam, hat er nämlich darauf bestanden, dass er endlich mal zu einem richtigen Friseur gehen kann und nicht Mama das wieder macht.

Aus der Küche kommt das Heulen eines startenden Jumbos. Es ist aber kein Jumbo, sondern Mamas neuer Multifunktionsmixer. Finn und Jola klettern vom Hochbett runter. Maunzend streicht Teps ihnen um die Waden und eilt mit aufgestelltem Schwanz voraus Richtung Küche.

»Gut geschlafen?«, begrüßt Mama sie und stellt ihnen zwei Gläser hin. »Bananen-Ingwer-Spinat-Smoothies!«

Jola schnuppert vorsichtig an dem schlammfarbenen Inhalt.

Finn flüstert: »Du musst das nicht trinken, wenn du nicht willst …«

Seitdem sie den Mixer haben, ist Mama voll im Smoothie-Fieber. Finn findet allein schon das Wort schlimm: Schmußie. Klingt wie ein lispelndes Kuscheltier.

»Hmmmm!«, sagt Jola, als sie probiert hat.

Finn nippt ebenfalls. Da Mama die Zutaten immer frei Schnauze kombiniert, kann man nie vorhersagen, was bei ihren Experimenten rauskommt. Tatsächlich schmeckt die Schlammbrühe diesmal besser, als sie aussieht.

Mama sammelt eilig ihre Sachen ein. »Finn, hast du Jola schon von eurer Audienz im Schloss erzählt?«

Jola schaut Finn fragend an: Audienz im Schloss?

»Natürlich *nicht*, Mama«, sagt Finn vorwurfsvoll. »Das sollte doch 'ne Überraschung werden.«

»Was denn für eine Überraschung?«, fragt Jola neugierig und wischt sich mit dem Handrücken die Schmußie-Schnute ab.

Mama beißt sich auf die Lippen.

»Wir machen einen kleinen Ausflug«, sagt Finn. »Übermorgen. Mehr wird nicht verraten.«

»Ich muss los ins Büro.« Mama nimmt ihren Schlüsselbund. »Papa ist schon zurück nach Neustrelitz. Mukhtar hat den ganzen Tag Dreharbeiten. Aber ihr wisst ja, wo ihr alles findet.« Sie wuschelt Finn und Jola kurz über die Haare und geht zur Tür. »Wir sehen uns dann heute Abend. Ich bring Pizza mit, wenn ihr Lust habt.«

»Ja, Funghi«, ruft Finn. »Und Peperoni!«

Dann ist Mama auch schon weg. Finn deckt den Frühstückstisch. Brot, Butter, Käse, Pflaumenmus, zweifarbige Schokocreme, Müsli, Orangensaft ... er fährt alles auf, was der Kühlschrank hergibt.

Jola schiebt zwei Brotscheiben in den Toaster und schaut Finn neugierig an. »Was für Dreharbeiten hat Mukhtar denn? Ein neuer Film? – Oder darfst du *das* auch nicht verraten?«

»Doch«, sagt Finn. »Ein Krimi fürs Fernsehen. Stell dir vor, er spielt den Kommissar!«

Mukhtar ist Mamas Freund. Er arbeitet als Schauspieler und hat schon öfters in Filmen mitgespielt. Kommissar war immer seine Traumrolle gewesen. Und jetzt hat es endlich geklappt.

»Ich liebe Krimis!«, sagt Jola. »Mama und ich gucken immer Soko. Vielleicht können wir Mukhtar ja mal beim Drehen besuchen?«

»Bestimmt«, sagt Finn.

»Und wir müssen unsere Party vorbereiten«, sagt Jola und schaut sich in der Küche um. »Von der Location her ist es hier schon mal nicht schlecht. Nicht zu groß und nicht zu klein. Und im Kühlschrank ist genug Platz für Getränke.«

Finn nickt zögernd. Jola hat immer gesagt, dass sie unbedingt eine Party machen müssen, wenn sie nach Berlin kommt. Aber Finn hat das mit Mama noch gar nicht so richtig besprochen.

Die Brotscheiben hüpfen aus dem Toaster. Finn wirft sie schnell auf die Teller, um sich nicht die Finger zu verbrennen. »Erst mal gibts jetzt Frühstück«, sagt er. »Und dann zeig ich dir Kreuzberg.«

2.

Trampeltiere im Treppenhaus

»Der typische Berliner Altbaucharme ist hier noch wunderbar erhalten«, tönt eine sonore Stimme.

Auf dem Weg nach unten kommt Finn und Jola im Treppenhaus eine Menschentraube entgegen. Angeführt wird sie von einem Mann im Anzug. Er trägt eine dicke Ledermappe unter dem Arm und sieht auch sonst sehr geschniegelt aus. Mit Krawatte und einer passenden blauen Brille dazu.

»Die Wohnung befindet sich in ausgezeichneter Lage im vierten Stock«, sagt er, während er die Stufen hochfedert. »Und dass es keinen Aufzug gibt, macht sich in puncto Fitness überaus positiv bemerkbar.«

Die Leute hinter dem Mann lachen gekünstelt und trotten an Finn und Jola vorbei, die auf dem Treppenabsatz stehen geblieben sind. Von unten hastet eine Frau im Kapuzenpulli die Treppen hoch. »Sorry ... sorry ...«, keucht sie und kämpft sich zu der Ledermappe durch. Dabei werden Finn und Jola unsanft gegen die Wand gepresst. Jola protestiert. »Hey!«

Aber die Frau merkt das gar nicht. Sie lächelt die Ledermappe nur zuckersüß an und wedelt mit einem Umschlag. »Ich nehm die Wohnung! Ich hab auch Geld!«

Die Ledermappe macht einen spitzen Mund. »Ich muss doch bitten. Wir sind hier schließlich nicht auf dem Basar.«

Er dreht sich um und marschiert weiter die Treppen hoch. Finn und Jola gucken der Karawane verwundert hinterher.

»Was sind denn das für Trampeltiere?«, fragt Jola.

Oben rasselt ein Schlüssel im Schloss. Dazu dröhnt die Stimme der Ledermappe. »Sie werden sehen, bei diesem Objekt handelt es sich um ein absolutes Schmuckstück.«

Finn kapiert: »Die sind zur Besichtigung hier. Die Wohnung oben wird neu vermietet.« Er und Jola gehen weiter. »Da hat Frau Buchborn gewohnt. Aber jetzt ist sie im Altenheim.«

Jola überspringt drei Treppenstufen auf einmal. »Die alte Nachbarin, die dir immer Geld gegeben hat?«

Finn springt ihr hinterher und schafft vier.

»Jede Woche einen Euro«, sagt er. »Dafür, dass ich ihr immer die Zeitung hochgebracht hab und den Müll runter.«

Jola wagt einen Fünfersprung. Finn hält kurz inne, um zu verschnaufen. Er vermisst Frau Buchborn. »Sie war in letzter Zeit etwas verwirrt. Die Zeitung hat sie gar nicht mehr gelesen und der Müll wurde auch immer weniger.«

»So ist das, wenn die alten Leutchen abbauen.« Jola nimmt Anlauf und macht einen kühnen Satz über die letzten sechs Stufen. »Und wenn sie dann zu Hause niemanden haben, kommen sie ins Altenheim.«

Finn schafft die sechs ebenfalls. »Aber Frau Buchborn wollte gar nicht ins Altenheim. Sie hat immer gesagt, dass sie im eigenen Bett über den Jordan gehen will.«

Finn wusste nicht, was das genau sein sollte ... *über den Jordan gehen.* Er hat Mama gefragt. Die hat ihm erklärt, dass der Jordan ein Fluss ist und *über den Jordan gehen* eine Redewendung dafür, dass man stirbt. Sie hat im Internet nachgeguckt. Da stand, dass der Jordan in der Bibel die Grenze zwischen der Wüste und dem Gelobten Land war. Und das Gelobte Land ist quasi das Himmelreich. Aber statt ins Himmelreich ist Frau Buchborn jetzt erst mal ins Altenheim gekommen ...

Jola zieht die schwere Haustür auf. »Malwina sagt immer: Altenheim ist Endstation. Schlimmer als Gefängnis. Da kommt keiner mehr lebend raus.«

Malwina ist Jolas ältere Schwester und die muss es wissen. Sie arbeitet nämlich selbst als Pflegerin in einem Altenheim.

Finn tritt auf die Straße und denkt daran, wie Frau Buchborn ihre Wohnung immer seltener verlassen hat, weil ihr der Aufstieg in den vierten Stock zunehmend schwerer gefallen ist. Und immer vergesslicher ist sie auch geworden. Sie hat versprochen, dass sie ihm eine Postkarte aus dem Altenheim schreibt. Aber seit ihrem Auszug vor zwei Monaten ist keine angekommen.

Als Erstes zeigt Finn Jola den Landwehrkanal und den Urbanhafen. »Im Winter war hier mal alles zugefroren und wir sind Schlittschuh gelaufen!« Dann gehen sie über die Admiralbrücke. »Hier sitzen abends immer ganz viele Leute und feiern. Und manchmal kommt die Polizei, weil es so laut ist.« Sie laufen an einem Backsteinbau vorbei. »Und das war meine Schule«, sagt Finn und wird ein bisschen wehmütig. Die letzten sechs Jahre ist er dort hingegangen und Frau Henschke-Pohl war seine Klassenlehrerin. Aber jetzt nach den Sommerferien kommt er in die Siebte und geht dann aufs Gymnasium in der Böckhstraße. Zum Glück geht Carlo auch da hin und sie sind in einer Klasse.

»Und hier am Kotti wohnt Carlo«, sagt Finn, als sie das Kottbusser Tor erreichen. »Früher haben wir immer Kotzi gesagt, weil alles so dreckig ist ... und es überall nach Pisse und Kotze riecht.«

Jola schaut sich um. Schön ist der Platz wirklich nicht. Oben rattert die U-Bahn über das Viadukt, unten kreisen Autos und Radfahrer. Dazwischen wuseln Fußgänger, Hunde und Tauben. Und um das Gewühl herum stehen Hochhäuser wie Klippen, gegen die der ganze Dreck und Lärm anbrandet.

Finn deutet auf eins. »Hinter dem Fenster da oben im achten Stock ist Carlos Zimmer.«

3.

Bumbum Bazooka

Ofori, Yildiz, Deygas, Nickelmann, Bolat, Schurich, Erol … Auf dem Klingelbrett stehen unzählige Namen. Finn drückt zielsicher auf den richtigen Knopf und sofort tönt Carlos Stimme aus der Gegensprechanlage: »Alter, bist du's?«

Carlo ist Finns bester Freund. Und er war die letzten Tage schon ganz aufgeregt. Endlich lernt er Jola kennen, von der er so viel gehört hat. Und Finn war auch ein bisschen aufgeregt, weil er ja nicht wusste, ob Jola und Carlo sich gut finden würden. Im Aufzug spürt Finn, wie sein Herz klopft. Er versucht sich auf das bunte Gewirr aus Tags an der Kabinenwand zu konzentrieren, um seine Nervosität zu beruhigen. Aber dann ist alles ganz einfach. Carlo steht schon oben in der Tür und sagt »Hi« und Jola sagt auch »Hi« und dann schleust Carlo sie auch schon ins Wohnzimmer, wo die Konsole steht.

Das ist nämlich das Tolle, dass man bei Carlo immer zocken darf, weil Carlos Eltern da voll cool sind. Sowohl seine Mamas als auch seine Papas. Carlo hat nämlich von jeder Sorte zwei. Die Papas heißen Juan und Etienne und wohnen in Sevilla. Zu Carlos Geburtstag und zu Weihnachten kommen sie immer zu Besuch und da haben sie letztes Mal auch die Konsole mitgebracht. Carlos Mamas heißen Manuela und Esther. Aber Carlo sagt zu beiden einfach immer nur Mama. Jola fragt sich, wie die zwei Mamas wissen, wer von ihnen gerade gemeint ist.

»Ganz einfach«, sagt Carlo, »Mama heißt Mama, und Mama heißt Mama.«

Finn lacht. Er hat auch nie ganz verstanden, wo der Unterschied ist. Aber tatsächlich muss es einen für nicht Eingeweihte unhörbaren Unterschied in der Betonung geben, der für Carlo und seine Mamas völlig klar zu sein scheint. Auf jeden Fall kam es bisher nie zu Verwechslungen.

»Und deine Mamas und Papas ... haben die dich zu viert gemacht?«, fragt Jola neugierig.

»Nee«, sagt Carlo, der solche Fragen schon oft gehört hat. »Gemacht haben mich Manuela und Juan. Aber ohne Sex. Papas Sperma war im Plastikbecher. Und Mama hat es Mama mit einer Spritze reingespritzt, damit es eine Eizelle befruchtet.«

Finn kennt die Geschichte schon, aber Jola staunt: »Einfach so?«

Carlo nickt. »Und danach hat Mama mich geboren und Mama hat mich adoptiert.«

»Krass«, sagt Jola.

Finn denkt daran, dass er und Carlo schon ihr ganzes Leben lang Freunde sind. Eigentlich waren sie es schon vor der Geburt, als sie noch in den Bäuchen waren. Finns Mama und Carlos Mama Manuela haben sich damals im Geburtsvorbereitungskurs kennengelernt und angeblich haben Carlo und Finn immer gleichzeitig in den Bäuchen gestrampelt.

»Volltreffer!« Carlo hämmert auf den Controller und erledigt drei feindliche *Orks* hintereinander. Bäng-Bumm-Wusch!

Finn feuert ihn an: »Mach sie alle!«

Carlos Mamas sagen immer, dass Carlo auch männliche Identifikationsfiguren braucht. Carlos Charakter in *Bumbum Bazooka* heißt *Matschoplatscho* und ist ein hünenhafter Krieger mit Affengesicht und einem goldglänzenden Patronengurt über der muskelbepackten Brust. Routiniert steuert Carlo *Matschoplatscho* weiter durch die Straßenschluchten und lässt Blitze aus der Laserkanone spritzen.

»Achtung, ein Lemur!«, schreit Finn.

Carlo geht in den Zweikampf und macht den Lemuren fertig. Bäng-Bumm-Wusch! Zur Siegesfanfare führt *Matschoplatscho* ein kleines Freudentänzchen auf. Carlo und Finn springen vom Sofa und machen jeden Move mit: Trippel-Trippel-Dreh-Dreh-Hasenohren-Nick-Nick.

Jola lacht. »Ihr seht so bescheuert aus!«

Danach übernimmt Finn den Controller und spielt eine Runde mit seinem Charakter. Ein Lichtritter mit Fischkopf und Roboterbeinen.

Jola liest den Namen. »*Serge Fährlich?* Wie gaga ist das denn?«

»Schau einfach zu und lerne!«, ruft Finn und rüttelt am Controller, bis er das nächste Level erreicht hat.

Jola jubelt. »*Serge Fährlich!* – Jetzt will ich auch mal!«

Carlo und Finn helfen ihr bei der Auswahl eines Charakters. Jola will eine Finsterweltlerin sein und entscheidet sich für eine Figur mit einem gehörnten Kopf und schuppigem Drachenkörper.

»Und was für'n Namen willst du haben?«, fragt Finn. Sich lustige Namen auszudenken macht am meisten Spaß. Er überlegt, aber Jola hat schon eine Idee: »*Killa-Q* mit Q!«

»*Killa-Q!* – Stark!«, sagt Carlo und schaut Jola bewundernd an. Es ist nicht zu übersehen, dass er sie cool findet. Das freut Finn – und macht ihn auch ein bisschen eifersüchtig.

Jola fängt an zu spielen. Carlo will ihr zeigen, wie sie den Controller am besten bedient, aber Jola reißt ihn an sich. Kaum hat sie die Zone betreten, fallen zwei Finsterzwerge über sie her.

Carlo kennt die beiden schon. »*Sanitöter* und *Ersguterdudu*! Die haben mir schon mal den Rekord versaut. Die sind voll fies! Mach sie fertig!«

»Pass auf«, ruft Finn. »Die haben Stachelschwerter!«

Zu spät. Bäng-Bumm-Wusch! *Ersguterdudu* hat Jola schon erledigt und *Killa-Q* löst sich in Rauch auf.

Als sie genug gezockt haben, gehen sie hoch aufs Dach. Eigentlich darf man das gar nicht und die Tür ist abgeschlossen. Aber Carlos Mamas haben einen Schlüssel und Carlo kennt das Versteck. Das Dach ist ganz flach und der Wind bläst ihnen die Haare vors Gesicht. Vorsichtig treten sie an die Brüstung und schauen über das Geländer in die Tiefe. Finn wird dabei ganz schwindelig. Wie ein Malstrom kreiselt unten der Verkehr. Schnell hebt er den Blick und dreht sich um. Hinter ihnen ragt der Fernsehturm in den Himmel. Alex, Potsdamer Platz, Rotes Rathaus, die Kuppel vom neuen Schloss ... alles kann man sehen.

Carlo zeigt auf ein Gebäude unten in der Tiefe. »Das ist unsere neue Schule. Mit einem Gleitschirm könnte ich da jeden Morgen rüberfliegen.«

»Das wär toll!«, sagt Finn.

Carlo freut sich schon aufs Gymnasium. »Da gibt es ein richtiges Labor. In Chemie macht man Experimente mit echtem Sprengstoff. Und in Physik legt man einen Schokokuss unter die Vakuumglocke und dann wird er riesengroß.«

Carlo guckt zu Jola, die die ganze Zeit geschwiegen hat. »Kommst du bei dir in Brandenburg auch auf eine neue Schule?«

»Ja«, sagt Jola zögernd. »Ich muss dann nach Velten. Vielleicht geh ich aber auch auf eine amerikanische Schule.«

Finn schaut sie überrascht an. Davon wusste er gar nichts!

»Cool«, sagt Carlo. »Machst du Schüleraustausch?«

Jola schüttelt den Kopf. »Meine Eltern überlegen, ob sie nach San Francisco ziehen.«

»Du meinst, richtig auswandern?«, fragt Carlo.

Jola zuckt mit den Schultern. »Papas Bruder Onkel Krzysztof wohnt da und hat 'ne Baufirma. Papa könnte bei ihm arbeiten. Aber wahrscheinlich klappts eh nicht, weil die Amis keinen mehr reinlassen ...«

Finn versteht. »Deswegen waren deine Eltern auch wegen einem Visum hier.«

Jola nickt. »Sie mussten zur Botschaft.« Finn spürt plötzlich einen Kloß im Hals. Wenn Jola nach Amerika gehen würde, könnten sie sich ja gar nicht mehr sehen. Er hat ohnehin schon das Gefühl, dass sich gerade alles verändert. Und das macht ihm ein bisschen Angst. Anders als Carlo vermisst er die alte Schule nämlich jetzt schon. Und auch Frau Henschke-Pohl. Zum Abschied haben sie ihr ein Gedicht geschrieben. Es endete mit den Zeilen: Nawi, Mathe und so Sachen / musst du jetzt mit anderen machen. / Wir sagen Tschüss und Lebewohl / Frau Henschke, Bindestrich und Pohl.

4.

Die Kommoden

Und dann musste Carlo ganz schnell los. Zum Trommeln, das genau genommen schon vor 20 Minuten begonnen hat. Seine Mamas hatten ihn für einen Ferienworkshop an der Musikschule angemeldet, obwohl Carlo Trommeln eigentlich eher doof findet. Jola hat noch gefragt, ob er auch zur Party kommt, und Carlo hat gerufen: »Logo! Am coolsten wär 'ne Übernachtungsparty, dann können wir die ganze Nacht durchfeiern!«

Auf dem Rückweg gehen Finn und Jola durch die Graefestraße. Überall sind kleine Läden und Cafés, vor denen Leute sitzen. Finn überlegt, wie sie das mit der Party am besten machen. Er muss Mama fragen. Sie wird bestimmt nichts dagegen haben.

»Ich glaub nur nicht, dass sie uns in der Wohnung allein lässt«, sagt er.

»Kann sie nicht mal bei Mukhtar übernachten?«, fragt Jola. »Wenn Erwachsene dabei sind, kann man einfach nicht richtig feiern. Die denken immer, sie müssten alles beaufsichtigen ... wie bei einem Kindergeburtstag.«

Finn nickt seufzend. Mama übernachtet nur ganz selten bei Mukhtar. Und das auch nur, wenn Finn bei Papa in Neustrelitz ist. Manchmal muss sie auf Geschäftsreise, aber dann sorgt sie dafür, dass Mukhtar da ist.

Jola ist vor einem Laden stehen geblieben und guckt durch das Schaufenster.

»Was ist das denn?!«

In dem Raum dahinter sind mehrere Särge ausgestellt. Einer aus Holz, ein geflochtener aus Weide und einer, der ganz bunt ist.

»Ein Bestattungsgeschäft«, erklärt Finn, der schon oft an dem Laden vorbeigegangen ist.

Jolas Blick geht hoch zu der Schrift über dem Schaufenster: *Asche & Staub*.

»Da will ich mal rein«, sagt sie.

Finn zögert. »Aber ... bei uns ist ja niemand gestorben ...«

»Muss ja nicht gleich einer sterben«, sagt Jola. »Man kann auch einfach nur mal gucken.«

Sie drückt die Tür auf. Ein Glockenspiel ertönt. Finn folgt Jola in den Laden. Abgezogene Dielen, der Stuck an der Decke ist mit Goldfarbe angestrichen. Außer den Särgen gibt es in einer Ecke einen kleinen Tisch mit Stühlen. An den Wänden hängen große Bilder, auf denen man nichts erkennen kann. Die sind bestimmt abstrakt, denkt Finn. Abstrakte Bilder sollten sie in Kunst nämlich auch mal malen. Nur war bei den meisten dann doch etwas zu erkennen. Aber die Bilder hier sehen richtig abstrakt aus. Außer wolkigen Farben ist nichts drauf.

Jola geht durch den Raum, sie streicht mit der Hand über die Särge und bleibt an dem Tisch stehen.

»Guck mal!« Jola beugt sich über eine kleine Schatulle. Darin liegen auf schwarzem Samt nebeneinander drei glitzernde Steine in verschiedenen Farbtönen, jeder so groß wie ein 1-Cent-Stück.

»Sieht aus wie Diamanten!« Jola nimmt vorsichtig einen heraus und betrachtet den Facettenschliff.

»Vielleicht so 'ne Art Grabbeigabe?«, überlegt Finn.

»Wollt ihr die wohl liegen lassen«, ertönt plötzlich eine rauchige Stimme hinter ihnen. Finn und Jola fahren herum. Aus einem Hinterzimmer ist eine Frau in den Raum getreten. Sie mustert Finn und Jola streng. Die kurzen pechschwarzen Haare sitzen akkurat auf ihrem Kopf wie eine Mütze. Über ihre Unterarme ringeln sich Blumen-Tattoos.

»Sind die echt?«, fragt Jola.

Die Frau nimmt Jola den Stein aus der Hand und legt ihn zurück.

»Das sind Erinnerungssteine.«

»Erinnerungssteine?«, echot Jola.

»Die können sich Angehörige machen lassen. Aus der Asche ihres Verstorbenen.«

Finn schaut ungläubig auf die Steine. »Da sind Verstorbene drin?!«

Die Frau muss lachen und ihr Lachen klingt ganz tief und dunkel. »Nein, das sind nur Muster. Die hat uns die Firma geschickt, damit wir sie Kunden zeigen können. Die Asche wird unter Hochdruck zusammengepresst und dann entsteht daraus so ein Stein. Es gibt Rubine, Saphire oder Diamanten.«

»Die sind bestimmt total wertvoll«, sagt Jola.

»Das denken andere wohl auch. Die letzten Muster sind uns nämlich kürzlich erst geklaut worden.« Die Frau mustert Finn und Jola prüfend. »Ich hoffe nicht, dass ihr das wart.«

»Nee«, sagt Jola entrüstet. »Wir wollten nur schauen. Ich will vielleicht nämlich auch mal ins Bestattungsgeschäft.«

»Du?« Die Frau guckt Jola überrascht an.

Jola nickt. »Am liebsten möchte ich Leichenwagenfahrer werden. Habt ihr hier auch einen?«

»Ja«, sagt die Frau, »der ist nur leider gerade im Einsatz.«

»Schade«, seufzt Jola.

Die Frau lacht wieder ihr tiefes dunkles Lachen. »Aber ich kann euch stattdessen die Kommoden zeigen, wenn euch das interessiert.«

»Kommoden?«, fragt Finn.

Die Frau deutet auf die ausgestellten Särge. »Sarg klingt immer gleich so ernst. Und ich geh mal davon aus, dass ihr nicht hier seid, weil ihr einen Trauerfall habt?«

Jola schüttelt den Kopf. »Nee, haben wir nicht … also noch nicht.«

Finn muss an Opa Klaus denken, der immer sagt, alt werden sei nichts für Feiglinge. Und an Frau Buchborn, die jetzt im Altenheim ist, obwohl sie zu Hause im eigenen Bett über den Jordan gehen wollte. Bei der Vorstellung bekommt Finn gleich wieder ein klumpiges Gefühl im Magen.

»Gut«, sagt die Frau. »Ich bin übrigens Geli. Und wie heißt ihr?«

Jola und Finn stellen sich vor.

»Jola und Finn, sehr schön – dann folgt mir bitte.«

Geli führt sie zu dem bunten Sarg. »Das ist unser Basismodell für die Feuerbestattung.«

»Der gefällt mir«, sagt Finn und betrachtet den Sarg, der aussieht, als sei er von oben bis unten mit Konfetti beklebt.

»Der ist aus unbehandeltem Kiefernholz und individuell gestaltbar. Manche bemalen ihn oder schreiben Grußbotschaften drauf. Das Design hier hat eine Künstlerin gemacht. Mit farbigem Papier. Das verbrennt im Krematorium alles rückstandsfrei.«

Geli hebt den Deckel ab. Innen drin ist der Sarg mit Stoff ausgekleidet, am Kopfende liegt ein kleines Kissen.

Jola streicht darüber. »Wie ein Bett …«

»Wenn ihr wollt, könnt ihr mal Probe liegen«, sagt Geli. »Ihr müsst nur die Schuhe ausziehen.«

Finn zögert, aber Jola hat schon ihre Sneaker weggekickt und legt sich in den Sarg. Sie rekelt sich hin und her.

»Voll gemütlich. Kannst du mal zumachen?«

»Klar.« Geli legt den Deckel drauf. Aus dem Sarginnern klingt Jolas Stimme ganz dumpf. »Huhu, ich bin ein Vampir. – Puh, ist das dunkel. Aber wenn man tot ist, sieht man ja eh nichts mehr.«

Geli öffnet den Sarg wieder. Finn will es jetzt auch ausprobieren. Tatsächlich liegt man ganz bequem. Und innen drin riecht es nach frischem Holz. Aber die Vorstellung, verbrannt zu werden, gefällt Finn trotzdem nicht.

»Für die Erdbestattung haben wir andere Modelle«, sagt Geli, nachdem Finn wieder rausgeklettert ist. Sie geht zum nächsten Sarg. »Der ist aus Eichenholz und sehr stabil. Er hat auch Griffe, damit man ihn tragen kann.« Sie zeigt auf den Sarg aus Weide daneben. »Und den hat eine Korbflechterei für uns gemacht …«

Finn ist vor einem Regal stehen geblieben, in dem Urnen in den unterschiedlichsten Farben stehen. »Und die sind für die Asche, wenn man verbrannt worden ist?«

Geli nickt. »Das sind Schmuckurnen. Da passt die Aschekapsel rein und das Ganze kommt dann in ein sogenanntes Urnengrab. Das braucht nicht so viel Platz. Viele wollen heute auch am liebsten unter Bäumen bestattet werden. In einem Friedwald.«

Jola versteht. »Also so 'ne Mischung aus Wald und Friedhof.«

»Genau«, sagt Geli und schaut auf die Uhr. »Und nun, ihr zwei Hübschen, muss ich mal weiterrabotten.« Sie deutet Richtung Hinterzimmer. »Als Bestatterin hat man leider auch viel Papierkram zu erledigen.«

Geli bringt sie zur Tür. »Schön, dass ihr mich besucht habt. Wenn ihr noch Fragen habt, könnt ihr gerne wiederkommen.«

Es ist schon Viertel nach sieben, als Mama endlich nach Hause kommt. »Die können mich alle mal«, ruft sie aus dem Flur und lässt die Wohnungstür krachend ins Schloss fallen. Sie zieht ihre Schuhe aus und Finn nimmt ihr schnell die Kartons mit Tiefkühlpizzas ab.

»Funghi und Peperoni!« Er und Jola haben vor lauter Hunger schon ein Riesenloch im Bauch.

»Tut mir leid, dass es so lange gedauert hat«, sagt Mama. »Auf Arbeit drehen die gerade alle durch. Übermorgen soll der ganze Kladderadatsch nach Frankfurt und das Zeug ist noch nicht mal lackiert.«

Mama arbeitet in einer Firma, die Stände für Messen

macht. Aber Mama baut die Sachen nicht selber, sondern sorgt dafür, dass alles pünktlich fertig und richtig aufgebaut wird. Und dabei gibt es ganz oft Stress. Mama sagt, dass sie eigentlich den Job einer Dompteurin hat, weil sie immer die ganzen Alphatierchen bändigen muss. Damit meint sie ihre Kollegen und Auftraggeber, die alles besser wissen und ganz wichtig sind.

Finn schiebt die Pizzas in den Ofen.

»Hattet ihr denn einen schönen Tag?«, fragt Mama und lässt den Salat in der Salatschleuder kreiseln.

»Ja«, sagt Jola.

Finn nickt nur stumm. Ihm brennt die Party-Frage auf der Zunge und er überlegt, wie und wann er das Thema am besten ansprechen kann.

»Das war gut«, sagt Mama nach dem Essen zufrieden und pickt die letzten Salatreste aus der Schüssel. »Dass 'ne einfache Tiefkühlpizza reicht, um einen so glücklich zu machen, ist echt immer wieder ein kleines Wunder.«

Wenn das kein günstiger Moment ist! Finn fasst sich ein Herz und räuspert sich: »Du, Mama ... Wir wollten fragen, ob du diese Woche vielleicht mal bei Mukhtar schlafen willst?«

»Warum das denn?«, fragt Mama erstaunt und faltet ein Rucolablatt auf ihre Gabel. »Macht ihr euch Sorgen um unsere Beziehung?«

»Nein«, sagt Finn und wird ein bisschen rot. »Es ist nur so: Carlo, Jola und ich würden hier gerne eine Übernachtungsparty machen.«

»Ah …« Mama versteht. »Und da wollt ihr die Wohnung ganz für euch alleine haben?«

Finn und Jola nicken.

»Hmmmm.« Mama legt die Gabel weg und holt Luft. Auf die Art, wie sie immer Luft holt, wenn sie etwas bedenklich findet. »Also ich muss ganz ehrlich sagen, dass mir bei dem Gedanken ein bisschen unwohl ist. Ihr seid gerade mal zwölf. Und ich hab ja schließlich auch die Verantwortung.«

Finn wusste, dass Mama das sagen würde. Also das mit der Verantwortung.

»Ich glaube auch nicht, dass Ewa und Jacek das erlauben würden«, fährt Mama fort. »Oder, Jola?«

Statt einer Antwort pustet Jola einfach nur die Locken aus ihrer Stirn.

»Aber, wisst ihr, was?« Mama schaut Finn und Jola lächelnd an. »Wir können es doch so machen: Ich verabrede mich und geh aus. Dann habt ihr einen ganzen Abend, um alleine zu feiern. Und wenn ich wiederkomm, liegt ihr schon im Bett und schlaft.«

Als Finn und Jola auf dem Hochbett liegen, versucht Finn es positiv zu sehen. »Besser 'ne Abendparty als gar keine Party.«

Jola seufzt. »Ich dachte immer, deine Mutter wär da cooler als meine Eltern.«

»Cooler?« Finn lacht gequält. »Ich glaub, Eltern können gar nicht cool sein. Vor allem die eigenen nicht.«

»Stimmt«, sagt Jola. »Na ja ... vielleicht fällt uns ja noch was ein ...«

Finn starrt an die Decke, wo immer noch ein paar von den Leuchtsternen glimmen, die Papa da hingeklebt hat, als Finn noch klein war. Er dreht den Kopf zu Jola und denkt daran, dass sie vielleicht bald ganz weit weg gehen wird.

»Fändest du es eigentlich schön, wenn ihr nach San Francisco auswandert?«

»Kalifornien stelle ich mir einfach toll vor«, sagt Jola. »Da gibt es Wale, Seelöwen und Haie. Und alle machen was mit Internet.«

»Weiß ich ...«, sagt Finn.

Jola schweigt einen Moment. Dann richtet sie sich auf und schaut Finn an. »Auf jeden Fall tausendmal aufregender als Vehlefanz. Ich hab immer davon geträumt, mal ganz weit weg zu fliegen. Und Englisch würd ich dann auch richtig lernen ... Aber wahrscheinlich klappts eh nicht, weil Papa keine Arbeitserlaubnis bekommt.«

Sie pikst Finn ihren Zeigefinger in die Seite.

»Würdest du mich denn ein bisschen vermissen?«

Finn nickt und schluckt. Ja, er würde Jola vermissen. Sehr.

5.

Altenverwahranstalt

Als Finn und Jola am nächsten Tag aufstehen, ist Mama schon weg zur Arbeit. Auf dem Tisch liegt ein Zettel.

Guten Morgen, Ihr Langschläfer. Einen schönen Tag und KKK!
PS: Du hast Post, Finn!

»KKK?«, fragt Jola, die Finn über die Schulter geguckt hat.

Finn ist es etwas peinlich. »Kiloweise Knuddelküsse – das hat Mama früher immer gesagt …«

»Süß«, sagt Jola.

Finn hält nach der Post Ausschau. Neben der Tüte mit frischen Brötchen liegt eine Postkarte, die an ihn adressiert ist. Finn kann die krakelige Handschrift nur mühsam entziffern. Die Karte ist von Frau Buchborn! Er liest stockend:

Lieber Finn,
entschuldige, dass ich mich jetzt erst melde. Ich schreibe diese

Postkarte heimlich unter der Bettdecke. Du glaubst nicht, wie abscheulich es in so einem Altenheim ist. Um mich herum sind alle plemplem oder garstig oder beides auf einmal. Ich hoffe, es geht Dir gut und in der Grimmstraße ist alles im Lot.

Viele Grüße
Deine Ursula Buchborn
PS: Bitte komm mich bald besuchen. Ich brauche Deine Hilfe in einer geheimen Mission!!!

Jola schaut auf die drei Ausrufezeichen hinter dem PS: »Hilfe in einer geheimen Mission?! – Was soll das denn sein?«

»Keine Ahnung«, sagt Finn und dreht die Postkarte um. »Aber es klingt auf jeden Fall dringend.«

Auf der Rückseite der Karte ist eine Luftaufnahme von einem großen gelben Haus in einem parkähnlichen Garten. Darüber steht: »Herzliche Grüße aus der Seniorenresidenz Sonnenruh«.

Jola staunt: »Sonnenruh? – So heißt auch das Heim, in dem Malwina arbeitet!«

»Was?!«, ruft Finn überrascht. »Das wär ja 'n Zufall!«

»Aber echt!« Jola nimmt die Postkarte und betrachtet das Foto. »Genau das ist es! Da war ich schon mal. Vorletztes Jahr mit meinen Eltern, als wir Malwina besucht haben. Da müssen wir hin!«

»Auf jeden Fall! Gleich nach dem Frühstück!« Finn schnappt sich ein Brötchen und gießt zwei Gläser Orangensaft ein. Er freut sich schon, Frau Buchborn endlich wiederzusehen. Und Jolas Schwester natürlich auch. Sie und ihren Freund Ulf hat er letzten Sommer in Polen kennengelernt.

»Weißt du noch, wie der wilde Gruby in Ulfs Elektro-Cabrio gesprungen ist?«, fragt er und muss bei der Erinnerung kichern.

Jola, die gerade Schokocreme auf ihr Brötchen schmiert, muss ebenfalls kichern. »Ulfried von Zitschewitz mit dem Kuhfladen auf dem Sitz!« Sie beißt in ihr Brötchen. »Danach hat Malwina ihn abserviert.«

»Wie? Abserviert?«, fragt Finn.

»Sie hat sich von ihm getrennt«, erklärt Jola schmatzend. »Ulf war ihr einfach zu spießig. Statt einen Arzt zu heiraten, will sie jetzt lieber selber Ärztin werden. Sie macht ihr Abi an der Abendschule nach und will dann Medizin studieren.«

Finn kann sich das sehr gut vorstellen. Wenn Malwina sich was in den Kopf gesetzt hat, dann kriegt sie das auch. So wie Jola. Die stopft sich den letzten Rest ihres Brötchens in den Mund und springt auf. »Fertig! Sonnenruh, wir kommen! Malwina wird Augen machen.«

»Warte!«, ruft Finn. »Ich hab mir noch gar nicht die Zähne geputzt!« Er trinkt schnell seinen Orangensaft aus und eilt ins Bad.

Vom Kottbusser Tor nehmen sie die U3 Richtung Krumme Lanke. Die U-Bahn ist hier eigentlich gar keine Untergrundbahn, sondern eine Hochbahn. Sie fährt auf einem Viadukt, das sich auf eisernen Stelzen zwischen den Häusern durchschlängelt wie ein langer grauer Tausendfüßler. Finn und Jola drücken sich die Nasen am Fenster platt, weil man von hier oben alles so schön sehen kann: die vorbeiziehenden Baumkronen ... die Fassaden, durch deren Fenster man in die Wohnungen gucken kann ... den Landwehrkanal am Halleschen Tor ... den Rosinenbomber über dem Technischen Museum ... den Gleisdreieckpark ...

»Pass auf, gleich kommt die U-Bahn-Versickerungsstelle«, sagt Finn.

»Versickerungsstelle?«

»So nennt Papa das immer, weil die U-Bahn da verschwindet wie ein unterirdisch verlaufender Fluss.«

Jola spürt, wie sich der Waggon nach vorne neigt. Sie schaut gespannt durchs Fenster. Die Bahn rattert quietschend über eine Rampe und taucht ins Schwarz.

»Der Tunnel geht mitten durch ein Haus«, erklärt Finn. »Wir fahren da jetzt durch den zweiten und dritten Stock. Und drüber wohnen immer noch ganz normal Leute.«

Sie steigen am Fehrbelliner Platz aus und laufen ein Stück. Die Seniorenresidenz Sonnenruh sieht in echt lange nicht so schön aus wie auf der Postkarte. Das Gebäude ist ein wuchtiger Kasten mit kleinen Balkonen aus Beton daran. Und das leuchtende Gelb der Fassade ist längst schmutzig grau geworden. Finn und Jola gehen durch die automatische Tür. Im Eingangsbereich stehen Zimmerpflanzen in braunen Kübeln, auf den Bänkchen dazwischen sitzen mehrere alte Leute.

»Ich weiß, wo wir hinmüssen«, sagt Jola. »In die erste Etage!«

Eine Glastür trennt die Pflegestation vom übrigen Gebäude ab. Daneben ist eine Klingel. Jola drückt sie, der Summer schnarrt und sie betreten den Gang dahinter. Finn schaut sich um. Er war schon öfters im Altenheim. Seine eine Oma wohnt auch in einem. In Schwerin. Papa und er besuchen sie einmal im Monat. Und Papa sagt jedes Mal, wie froh er ist, dass es Menschen gibt, die diesen Job machen, weil er es mit Oma unmöglich die ganze Zeit aushalten könnte. Oma Zezi ist auch wirklich ein bisschen schwierig. Sie hat ganz viele Zipperlein und sagt immer, dass alles ein Kreuz ist und keiner sich um sie kümmert.

Links und rechts vom Gang gehen Zimmertüren ab. Es riecht nach Essen und Desinfektionsmitteln. Ein alter Mann sitzt kopfwackelnd in einem Rollstuhl. Jola steuert zielstrebig auf das Stationszimmer zu. Bevor sie anklopfen kann, geht die Tür auf und Malwina kommt heraus. Sie trägt einen weißen Kittel und hat ein Medikamententablett in der Hand. Überrascht bleibt sie stehen.

»Ich fass es nicht! – Jola, meine kleine Kröte!« Sie stellt das Tablett ab und umarmt erst Jola und dann Finn. »Dass ihr mich besuchen kommt, hätte ich nicht gedacht!«

»Wir sind eigentlich auch gar nicht wegen dir da«, sagt Jola.

»Klar«, grinst Malwina. »Trotzdem schön, euch zu sehen.« Sie schaut Jola neugierig an. »Zu wem wollt ihr denn dann?«

»Zu Frau Buchborn«, sagt Finn.

»Zur Generalfeldmarschallin?« Malwina legt die Stirn in Falten.

»Sie war meine Nachbarin«, sagt Finn.

»Na, dann viel Spaß«, meint Malwina augenrollend. »Vielleicht hat sie heute ja einen guten Tag. Zimmer 108. Dritte Tür links.«

Finn und Jola klopfen. Keine Antwort. Finn öffnet vorsichtig die Tür. Das Zimmer dahinter ist hell, und es sieht ein bisschen so aus wie in einem Krankenhaus. Links und rechts steht je ein Bett an der Wand. Auf dem rechten sitzt eine kleine Frau in einem schwarzen Kleid. An ihren dünnen Beinchen baumeln große Filzpantoffeln. Auf dem anderen Bett liegt voll bekleidet Frau Buchborn. Sie hat offensichtlich gedöst. Als sie Finn erkennt, richtet sie sich schnell auf und streicht ihren Rock glatt.

»Finn Utschig! Na, endlich! Ich warte schon die ganze Zeit auf dich!«

»Hallo, Frau Buchborn«, sagt Finn. »Die Postkarte ist erst heute angekommen.«

»Na, so was«, brummt Frau Buchborn und schaut Jola fragend an. »Und wer ist die junge Dame?«

»Ich bin Jola.«

»Ah.« Frau Buchborn beugt sich vor und mustert Jola. »Die kleene Kesse, mit der du letztes Jahr in Polen warst.«

Finn nickt. Er hatte Frau Buchborn von ihrem Urlaub bei Jolas Großeltern in Cedynia erzählt.

»Wie geht es Ihnen?«, fragt er. »Und was ist das für eine geheime Miss–«

»Schhhhhh!«, unterbricht Frau Buchborn ihn und wirft einen kurzen Seitenblick zu der kleinen Frau. Die sitzt immer noch still da und reißt konzentriert ein grünes Papierhandtuch in Schnipsel, die sie zu kleinen Kügelchen formt.

»Hier haben die Wände Ohren«, flüstert Frau Buchborn und steht ächzend von dem Bett auf. »Wir gehen besser raus.« Sie deutet auf einen Rollator, der neben der Tür geparkt ist. »Nehmt den mal mit.« Finn und Jola folgen Frau Buchborn auf den Gang. Jola schiebt den Rollator und dreht damit probeweise eine kleine Runde. »Macht voll Spaß!«

Finn schaut zu Frau Buchborn, die langsam über den Gang läuft.

»Wollen Sie den nicht lieber nehmen?«

Frau Buchborn schnaubt empört. »So ein Ding würd ich nie anfassen! Der ist von Knöllchen. Und wir nehmen ihn nur mit, damit sie uns nicht hinterherkann.«

»Knöllchen?«, fragt Finn.

»Meine Zimmernachbarin. Die ist völlig plemplem«, sagt Frau Buchborn. »Aber ich trau ihr nicht!«

Sie fahren mit dem Aufzug ins Erdgeschoss und gehen in den Garten. Finn und Jola schieben abwechselnd den Rollator. Es ist ein komisches Gefühl, damit zu laufen. Ein bisschen wie Fahrradfahren mit Stützrädern.

Der Garten sieht wirklich aus wie ein kleiner Park. Mit einem Springbrunnen, Blumenbeeten und großen Bäumen. Sie setzen sich auf eine der Bänke und Frau Buchborn erklärt, was es mit der »geheimen Mission« auf sich hat. Beim Auszug aus der Wohnung hat sie dort etwas vergessen.

»In der ganzen Hektik hab ich einfach nicht mehr an mein Geheimfach gedacht.«

»Was denn für ein Geheimfach?«, fragt Jola.

»Im alten Kachelofen. Da hab ich immer meinen Familienschatz drin aufbewahrt. Da kommt kein Einbrecher drauf!« Frau Buchborn nickt zufrieden. »Und deswegen müsst ihr den jetzt für mich holen.«

»Haben Sie denn noch einen Schlüssel für die Wohnung?«, fragt Finn.

»Dummerweise nicht«, sagt Frau Buchborn. »Ich musste alle Schlüssel abgeben. Deswegen ist es ja auch eine *geheime* Mission.«

»Sind da wertvolle Sachen drin in dem Schatz?«, will Jola wissen.

»Oh, ja«, sagt Frau Buchborn und räuspert sich. »Die darf niemand sonst in die Finger kriegen.«

»Vielleicht könnten wir ja so tun, als wollten wir die Wohnung besichtigen, und den Schatz dann schnell rausholen«, schlägt Jola vor.

»Wenn es überhaupt noch mal eine Besichtigung gibt«, sagt Finn. »So viele Leute, wie da gestern waren ...«

»Euch wird schon was einfallen. Ihr seid ja schlaue Kinder.« Frau Buchborn zieht eine Zigarettenschachtel und ein Streichholzbriefchen aus der Tasche. Sie zündet sich eine an und bläst genüsslich Rauch aus. »Ahhhh. Endlich kann ich mal wieder eine stauben.«

Jola guckt überrascht. Finn erinnert sich daran, wie er entdeckt hat, dass Frau Buchborn raucht. Er hatte sich immer gewundert, warum es in ihrer Wohnung so riecht. Und als er ihr einmal die Zeitung erst am Nachmittag hochgebracht hat, weil er vorher bei Papa in Neustrelitz war, hat er in der Küche einen Aschenbecher mit einer Zigarette darin gesehen. Finn fand es ganz schlimm und hat sich Sorgen gemacht. Weil Frau Buchborn ja schon Krebs hatte und Rauchen nicht gut ist für die Gesundheit und die Lungen. Und als er das Frau Buchborn irgendwann gesagt hat, wurde sie ganz ernst. Er habe völlig recht, hat sie gesagt. Aber zum Glück rauche sie immer nur ihre eine Nachmittagszigarette und den Krebs habe sie auch überlebt.

»Dit is ja nich zu fassen!« Eine barsche Stimme reißt Finn aus seinen Gedanken. »Sie wissen janz jenau, dass hier überall striktet Rauchverbot herrscht.« Ein kräftiger Pfleger kommt auf sie zu.

»Dieser aufgeblasene Fatzke schon wieder«, stöhnt Frau Buchborn.

Der Pfleger baut sich mit in die Hüften gestemmten Händen vor ihr auf. »Machen Sie sofort die Zijarette aus!«

»Da seht ihr es«, zischt Frau Buchborn und verdreht die Augen. »So wird man hier in einem fort schikaniert.« Mit Todesverachtung wirft sie die Zigarette auf den Weg und tritt sie unter dem strengen Blick des Pflegers aus. »Das ist keine Seniorenresidenz, sondern 'ne Altenverwahranstalt!«

Finn und Jola bringen die weiter vor sich hin schimpfende Frau Buchborn wieder auf ihr Zimmer. Knöllchen sitzt immer noch unverändert auf dem Bett – neben einem gewachsenen Berg aus grünen Papierkügelchen. Jola stellt den Rollator zurück an seinen Platz und Finn verspricht Frau Buchborn, dass sie sich sofort melden, wenn sie etwas herausgefunden haben. Danach verabschieden sie sich von Malwina, die gerade im Nebenzimmer die Betten frisch bezieht.

»Und? Hattet ihr Spaß mit der Generalfeldmarschallin? Hab schon gehört, dass sie wieder Ärger gemacht hat.«

»Wieso darf sie denn nicht mal eine rauchen?«, fragt Jola.

Malwina spannt das Laken über die Matratze. »Im gesamten Heimbereich gilt nun mal Rauchverbot. Frau Buchborn müsste vom Gelände gehen. Aber weil sie oft schon ein bisschen verwirrt ist, kann sie das nicht mehr alleine. Angehörige hat sie nicht. Und uns fehlt einfach die Zeit.«

»Und wenn wir mal mit ihr rausgehen würden?«, fragt Finn.

»Wenn ihr euch das antun wollt ...« Malwina schüttelt das Kissen. »Einmal vor die Tür würde ja schon reichen.«

»Wir kommen wieder«, sagt Jola.

»Gerne! Dann seh ich dich wenigstens noch mal, kleine Kröte.«

6.

Im vierten Stock

Als sie zurück in die Grimmstraße kommen, wartet Carlo schon vor dem Haus. Finn hat ihn angerufen und alles erzählt. Klar, dass Carlo bei der geheimen Mission dabei sein will.

Gemeinsam steigen sie hoch in den vierten Stock und bleiben vor Frau Buchborns ehemaliger Wohnung stehen. Finn deutet auf den Eingang gegenüber. »Da wohnt Herr Roddewig. Der arbeitet beim Ordnungsamt und motzt immer wegen allem. Der darf uns auf keinen Fall erwischen.«

Sie lauschen einen Moment, aber hinter der Tür von Herrn Roddewig ist alles ruhig.

Finns Blick kehrt zu Frau Buchborns Tür zurück. Auf dem Klingelschild steht immer noch ihr Name. Jola rüttelt vorsichtig am Knauf. Leise klappernd bewegt sich das Türblatt im Rahmen hin und her. Carlo linst in den Spalt.

»Ich glaub, wir haben Glück. Sie ist nur zugezogen und nicht abgeschlossen.«

Finn schaut ebenfalls.

»Wir bräuchten 'ne Kreditkarte«, sagt Jola. »Damit kann man die knacken!«

»Also, ich hab noch keine«, seufzt Carlo.

Finn hat auch noch keine. Und Mama hat ihr Portemonnaie mit den Karten immer bei sich. Aber ihm fällt etwas anderes ein. »Wartet ...«

Er huscht die Treppen runter und kommt gleich darauf mit einer leeren Plastikflasche und einer Schere wieder. Jola runzelt die Stirn.

Finn erklärt: »Ich hab das mal in einem YouTube-Video gesehen ...« Er setzt die Schere an und schneidet ein leicht gebogenes Stück aus der Flasche heraus. »Tattaaaahh! – Besser als 'ne Kreditkarte!«

Jola denkt daran, wie sie letztes Jahr in Polen Anteks Unterwasserfloß flottgemacht haben, und grinst. »Du bist echt der Plastikflaschenprofi.«

Carlo nickt. »Echt krass, wofür man die Dinger alles brauchen kann, obwohl immer alle sagen, dass sie so schlecht für die Umwelt sind.«

Während Jola gegen das Türblatt drückt, schiebt Finn den Plastikstreifen in den Spalt. Er fährt damit hoch und runter und sucht nach der Stelle, wo der Schnapper in der Falle sitzt. Endlich hat er die richtige Position gefunden. Er fühlt einen leichten Widerstand, schiebt den Plastikstreifen tiefer und ruckelt hin und her. Ein Klacken – und die Tür springt auf.

»Schappo Klappo!« Jola späht aufgeregt in den dunklen Flur der Wohnung. Sie will schon hineingehen, da sagt Finn:

»Einer von uns muss hierbleiben und aufpassen. Falls jemand kommt …«

»Wer soll schon kommen?«, fragt Carlo.

Finn schaut Carlo an. »Der Typ mit der Ledermappe zum Beispiel.«

»Na gut«, sagt Carlo. »Schnick, Schnack, Schnuck …«

Schnell spielen sie drei Runden Schere, Stein, Papier – mit dem Ergebnis, dass Carlo Schmiere stehen muss. Wenn irgendwas ist, soll er pfeifen.

»Menno«, mault Carlo enttäuscht, als Finn und Jola ohne ihn in der Wohnung verschwinden.

Finn war oft genug hier, um zu wissen, wo es langgeht. Er tastet sich durch den Flur. Jola folgt ihm. Es riecht leicht modrig, nach Staub – und immer noch ein bisschen nach Rauch. Finn spürt, wie sein Herz zu klopfen beginnt. So ganz korrekt ist das sicher nicht, was sie hier machen. Frau Buchborn ist schon lange ausgezogen und eigentlich brechen sie gerade in eine fremde Wohnung ein.

Sie kommen an der Küche vorbei. Außer dem Herd und der Spüle ist nichts mehr drin. Die Tür zum Schlafzimmer ist geschlossen. Am Ende des Flurs liegt das Bad, rechts davon das Wohnzimmer. Jola stößt die Tür auf. Mit einem leisen Quietschen dreht sie sich in den Angeln. Durch die hohen Altbaufenster flutet Sonnenlicht. Finn blinzelt. Der Raum ist ganz leer. An den Wänden künden helle Rechtecke von den Möbeln, die dort gestanden haben. Finn denkt daran, wie gemütlich er es hier immer fand. Jetzt sieht das Zimmer irgendwie ganz nackt und traurig aus, wie ein Fotoalbum, aus dem jemand alle Bilder rausgerissen hat.

Der Dielenboden knarzt unter seinen Füßen. »Da ist er.« Finn deutet auf die Ecke hinter der Tür. Dort steht der Kachelofen, schiefergrau und groß wie ein Schrank. Finn hat immer die wolkigen Muster in den Kacheln bestaunt, wenn er bei Frau Buchborn war. Obwohl es im Haus schon lange Zentralheizung gab, hat sie jedes Mal gesagt, wie gut es sei, dass sie den alten Ofen noch habe. Für Krisenzeiten. Deswegen lag auch immer noch ein Haufen Briketts in Frau Buchborns Keller.

Finn klappt das Warmhaltefach des Ofens auf, aber da ist nichts.

Jola öffnet die Feuertür und guckt hinein. Gähnende Schwärze.

»Wo soll da was sein?«, fragt sie.

Finn zieht die Ascheschublade heraus. Auch leer.

»Komisch …« Er schaut sich ratlos um.

»Gibts noch ’n anderen Ofen hier?«, fragt Jola.

Finn schüttelt den Kopf. Plötzlich hört er Schritte und zuckt zusammen. Jola reißt die Augen auf – aber es ist nur Carlo, der aufgeregt ins Zimmer kommt.

»Mann, ihr Penner! Habt ihr Petersilie in den Ohren?! Ich pfeif die ganze Zeit! – Da kommt jemand!«

»Oh, nein!«, sagt Finn. Alle drei stürzen zur Wohnungstür. Finn will gerade ins Treppenhaus treten, da bleibt er wie angewurzelt stehen. Gegenüber öffnet sich die Tür – und Herr Roddewig kommt heraus!

Finn reißt Jola und Carlo zurück, drückt die Tür schnell zu und hält den Finger vor den Mund: Pssssst! Sie halten die Luft an. Finn verharrt bewegungslos und lauscht. Hat Herr Roddewig sie gesehen?! Draußen hört man das Klappern der Tür. Vorsichtig beugt Finn sich vor und linst durch den Spion. Er sieht, wie Herr Roddewig abschließt und sich umdreht. Auf seinen Ohren sitzen schwarze Knubbel. Herr Roddewig rückt sie zurecht und geht pfeifend die Treppen runter. So ein Glück, er hat Kopfhörer auf und hat nichts gemerkt!

Finn will schon aufatmen, da hört er, wie Herr Roddewig im Treppenhaus laut »Guten Tag« zu jemandem sagt und schwere Schritte die Stufen hochpoltern.

»Scheiße, da kommt noch jemand!«, wispert Finn.

»Sag ich doch die ganze Zeit!«, zischt Carlo.

Die drei schauen sich panisch an: Was jetzt?!

»Zurück!«, kommandiert Finn.

Sie eilen wieder ins Wohnzimmer. Finn zieht Jola und Carlo in den Winkel hinter der Tür. Dort bilden die Wand und der Ofen eine kleine Nische. Da quetschen sie sich hinein und ziehen die Tür so dicht wie möglich an sich heran. Schon hören sie das Rasseln eines Schlüssels im Schloss. Jemand betritt die Wohnung, über den Flur nähern sich wuchtig Schritte und erreichen das Wohnzimmer. Finn, Jola und Carlo wagen kaum zu atmen. Ein Rascheln, scharrende Geräusche, als würde etwas abgestellt. Dann entfernen sich die Schritte wieder. Aus der Küche ist das Rauschen von Wasser zu hören.

»Schnell!«, flüstert Finn. Sie treten aus ihrem Versteck. Da! Mitten im Wohnzimmer steht jemand! Finn will aufschreien, doch dann erkennt er: Es ist nur ein Putzeimer mit einem Wischmopp, der aussieht wie eine Vogelscheuche.

Carlo linst um die Ecke in den Flur. Es sind nur ein paar Meter bis zum Ausgang. Aber die führen an der Küche vorbei, aus der nun raschelnde Geräusche kommen. Zum Glück ist wenigstens die Tür so weit angelehnt, dass sie einen Sichtschutz haben. Carlo gibt Finn und Jola ein Zeichen und schleicht los. Geduckt huscht er an der Küche vorbei. Dann folgt Jola. Es ist ein bisschen wie in *Bumbum Bazooka*, wenn man am Wachposten der Finsterzwerge vorbeimuss – nur tausendmal gefährlicher! Jola hat es geschafft. Jetzt ist Finn an der Reihe. Vorsichtig setzt er einen Fuß vor den anderen. Da knarzt eine der

Dielen laut unter seinem Fuß! Finn erstarrt. Aber nichts passiert. Aus der Küche dringen jetzt seltsam schmatzende Geräusche. Finn schleicht weiter und als er die Tür passiert, erhascht er durch den Spalt einen Blick ins Innere. Jemand steht vor der Spüle. Finn erkennt die Person: Es ist die Frau mit dem Kapuzenpulli von der Wohnungsbesichtigung! Ihr Mund ist blutrot verschmiert. Finn stockt der Atem, aber dann sieht er, dass es nur der rote Glibber von einem Stück Erdbeerkuchen ist, das die Frau gierig verschlingt.

Jola und Carlo haben bereits die Wohnungstür erreicht und schieben sich durch den Spalt ins Treppenhaus. Finn eilt hinterher und sie rennen runter in den zweiten Stock.

Als die Wohnungstür hinter ihnen zufällt, schnappt Finn aufgeregt nach Luft. »Habt ihr das gesehen?«

Jola hat die Frau auch wiedererkannt: »Die war bei den Trampeltieren mit dabei!«

»Wenn sie den Schlüssel hat, hat sie bestimmt die Wohnung gekriegt.«

»Und was ist jetzt mit dem Schatz?«, fragt Carlo.

»Da war keiner«, sagt Finn enttäuscht.

»Vielleicht hat die Frau ihn ja schon gefunden«, überlegt Jola.

»Ja«, sagt Finn. »Oder Frau Buchborn ist wirklich schon ein bisschen verwirrt und hat da was durcheinandergebracht ...«

7.

Alter Fritz im Neuen Schloss

Aber bevor sie sich weiter um Frau Buchborn und ihren Schatz kümmern können, haben Finn und Jola erst mal andere wichtige Sachen zu tun. Der Tag der Überraschung ist da! Heute machen sie einen kleinen Ausflug. Jola hatte es vor lauter Aufregung fast vergessen.

»Kenn ich das schon, wo wir hinfahren?«, fragt sie mit vollem Mund beim Frühstück.

»Einerseits ja, andererseits nein«, sagt Finn. »Wart's einfach ab.«

»Ich bin voll gespannt«, sagt Jola und spült den Toast mit einem Schluck Möhren-Apfel-Rote-Beete-Smoothie runter.

Sie fahren mit der U-Bahn bis zum Alex und laufen über den Platz. Jola bleibt vor der Weltzeituhr stehen.

»Hier war ich schon mal. Da kannste sehen, wie spät es grad woanders auf der Welt ist.«

Auf einer Säule ruht ein Aufsatz, der aussieht wie eine riesige runde Keksdose mit lauter Städtenamen auf dem Rand.

»Guck mal.« Jola zeigt auf einen der Namen. »Da steht auch San Francisco.«

Finn schaut auf die Zahl in dem Fenster darunter. »Da ist es jetzt ein Uhr nachts.«

»Wenn ich da wäre, würde ich jetzt schlafen«, sagt Jola. »Echt verrückt.«

Finn wird ganz wehmütig zumute bei dem Gedanken, dass Jola so weit weg sein könnte. Nicht nur auf einem anderen Kontinent, sondern auch in einer anderen Zeitzone. Wenn es bei ihm morgens wäre, wäre es bei Jola noch spätabends. Und wenn sie aufstehen würde, hätte er schon die Schule hinter sich. Sie würden nicht mehr gleichzeitig aufwachen und zu unterschiedlichen Zeiten essen. Und Silvester würde er dann auch immer schon viel früher feiern als sie. Finn seufzt leise und wischt die Gedanken weg. Noch ist Jola ja da. Und geht so dicht neben ihm, dass ihre Schultern sich ab und zu berühren. Über ihnen pikst der Fernsehturm wie eine riesige Stecknadel in den kratzeblauen Himmel. Jola zeigt hoch auf die Kugel. »Da oben war ich schon mal mit meinen Eltern.«

»Ich auch«, sagt Finn und erinnert sich. Da waren Mama und Papa noch zusammen und sie wollten in dem Aussichtsrestaurant essen gehen. Da fährt man ganz langsam im Kreis, damit man ganz Berlin von oben sehen kann. Als sie aus dem Aufzug gestiegen sind, hatte sich eine riesige Wolke breitgemacht, sodass man eigentlich gar nichts sehen konnte. Aber

Mama und Papa haben nur gelacht. Und dann sind sie – volle 360 Grad – durch die graue Suppe gefahren und haben richtig reingehauen. Finn durfte sogar zwei Getränke bestellen und noch Nachtisch. Und als die Rechnung kam, hat Mama gesagt, dass sie die Wolken noch nie so schön von innen gesehen hat.

Sie haben das Rote Rathaus erreicht. Davor schießen die Fontänen des Neptunbrunnens durch die Luft. Jola wird langsam ungeduldig.

»Wo ist sie denn nun, die Überraschung?«

Finn deutet auf das neue Stadtschloss. »Wir müssen da rein.«

Jola schaut an der verschnörkelten Fassade hoch. »In den ollen Kasten?«

»Der ist gar nicht oll, sondern ganz neu gebaut.« Finn schiebt sich zwischen den Menschentrauben durch das Eingangsportal. Dahinter öffnet sich ein großer Innenhof. Überall stehen Touristen und halten ihre Smartphones an Stangen vor sich und machen Selfies. Jola schaut sich um. Hier drinnen ist alles noch viel verschnörkelter als draußen.

»Ein neuer oller Kasten – soll das jetzt die Überraschung sein?«

»Jetzt warte doch mal ...« Finn eilt weiter. In der Mitte des Hofes steht eine Gestalt in einem blauen Mantel mit roten Aufschlägen. Und jetzt kapiert auch Jola: »Das ist ja Udo!«

»Der Alte Fritz«, sagt Finn und freut sich, dass die Überraschung gelungen ist. »Seines Zeichens König von Preußen.«

Er und Jola haben Udo vor zwei Jahren beim Autostopp kennengelernt. Da hat er sie ein Stück im Elefantenrollschuh mitgenommen, also in seinem kleinen Zweisitzerauto. Und er hat ihnen erzählt, dass er als Stadtführer arbeitet. Als Friedrich der Große verkleidet zeigt er Touristen das königliche Berlin. Finn hatte den Flyer mit Udos Adresse die ganze Zeit aufgehoben. Und jetzt hat er sich wieder daran erinnert und mit Mamas Hilfe im Internet eine Tour für sich und Jola gebucht.

»Hallo Udo«, sagt er und zupft am Mantel. Udo dreht sich um und schaut einen Moment irritiert auf die beiden Kinder vor sich.

»Erkennst du uns etwa nicht mehr?«, sagt Jola.

In Udos Kopf rattert es sichtlich.

»Damals in Brandenburg ... beim Autostopp ... du hast uns mitgenommen«, hilft Finn ihm auf die Sprünge.

»Potz Blitz!« Udos Miene hellt sich auf. »Na klar, die beiden Ausreißer ... Mensch, Kinder, ihr seid aber groß geworden!«

»Du dagegen hast dich überhaupt nicht verändert«, sagt Jola. »Bist immer noch der alte König!«

»Jawoll.« Udo lacht und lüftet den dreieckigen Hut über seiner Locken-Perücke. »Aber dafür hab ich ein neues

Schloss.« Er macht eine den Hof umfassende Geste. »Willkommen in meiner bescheidenen Hütte.«

»Wir haben eine Tour bei dir gebucht«, sagt Finn. »Im Internet. Auf den Namen Utschig.«

»Ach«, sagt Udo. »Das ist ja eine Ehre.« Er mustert Finn und Jola von oben bis unten. »Also, ich freue mich kolossal, euch beide wiederzusehen. Ich hab noch oft an euch gedacht und mich gefragt, ob ihr es auch wirklich nach Berlin geschafft habt.«

»Haben wir«, sagt Jola. »Und in Polen waren wir auch schon zusammen.«

Finn nickt. »In Cedynia an der Oder bei Jolas Großeltern.«

»Ha! Das alte Zehden!«, sagt Udo. »Dort hab ich mich auch schon betätigt.«

»Als Touristenführer?« fragt Jola überrascht.

»Nee, als König«, sagt Udo. »Den ganzen Oderfluss hab ich seinerzeit begradigt.«

»Du ganz allein?« Jola guckt ungläubig.

Udo legt die Hand auf den Degen, der an seiner Seite baumelt. »Na ja, ich und paar Tausend Arbeiter. Sechs Jahre haben die gebuddelt und gebaut. War ja alles Sumpfland. Über 'ne halbe Million Taler hat der Spaß gekostet. Aber danach hatte die Oder ein schönes neues Flussbett und mein Reich Zigtausend Hektar neues Ackerland.«

»Und das hier ist auch alles ganz neu.« Finn schaut sich

in dem Schlosshof um. Er war noch nie hier. Das Schloss ist ja auch gerade erst fertig geworden. Obwohl es so aussieht, als sei es alt.

»Ganz richtig.« Udo schaut auf die Uhr und patscht in die Hände. »Wisst ihr, was? Ich hab noch ein halbes Stündchen vor der offiziellen Tour. Wenn ihr wollt, mach ich vorher eine kleine Privatführung für euch.«

»Ja, wollen wir«, sagt Jola. »Eine richtig königliche Führung.«

»Na, dann los.« Udo rückt seinen Hut zurecht und breitet die Arme aus. »Ihr steht hier mitten im neuen alten Stadtschloss von Berlin. Meiner Geburtsstätte.«

»Hier bist du auf die Welt gekommen?«, fragt Jola beeindruckt.

»Am 24. Januar vor gut 300 Jahren.«

Jola grinst: »Da warst du dann der junge Fritz.«

Udo lacht. »Genau. Und stellt euch vor: Mein Papa wollte damals schon, dass ein toller Kriegsherr aus mir wird. Deswegen hatte ich da oben ein extra Spielzimmer voller Kanonen und Gewehre.« Udo zeigt auf eine Fensterreihe im ersten Stock.

»Wow. Welche, die richtig schießen konnten?«, fragt Finn und denkt an *Bumbum Bazooka.*

»Allerdings«, sagt Udo. »Aber ich konnte die Knallerei überhaupt nicht leiden. Genauso wenig wie das ganze Exerzieren und die Paraden, die ich machen musste. Mit gerade mal fünf!«

»So klein?!«, sagt Jola.

»Tja«, sagt Udo. »Damals war das so. Sobald man laufen und sprechen konnte, war man praktisch ein kleiner Erwachsener. Und wenn man sich nicht so verhalten hat, setzte es Prügel.«

»Wie fies!«, sagt Finn.

Udo nickt. »Deswegen wollte ich hier auch so schnell wie möglich weg. Als ich selber König war, bin ich sofort nach Charlottenburg gezogen und später dann nach Potsdam.«

»Und was für'n König wohnt jetzt hier drin?«, fragt Jola.

»Gar keiner.« Udo schüttelt den Kopf, dass die Locken seiner Perücke fliegen. »Was ihr hier seht, ist nur die Hülle eines Schlosses. Innen drin ist ein modernes Museum. Das echte Schloss ist im Krieg beschädigt worden. In der DDR wurde es dann abgerissen. An die Stelle kam ein Neubau: der Palast der Republik.«

»Davon hat Mama mir mal Fotos gezeigt«, sagt Finn. »Und sie hat sogar noch zwei echte Kaffeetassen aus dem Palast – mit Goldrand.«

»Nach der Wiedervereinigung wurde der Palast dann auch wieder abgerissen und das Schloss neu gebaut.«

»So ein Hin und Her ...«, sagt Jola. »Da blickt ja keiner mehr durch.« Finn schaut sich in dem Hof um. Drei Seiten sehen alt aus mit Verzierungen und eine ganz neu und glatt wie von einem Einkaufszentrum.

»Entschuldigt die Störung«, nuschelt plötzlich eine Stimme und eine abgerissene Gestalt tritt heran. Mit der einen Hand stützt sie sich auf eine Krücke, in der anderen hält sie einen Pappbecher. »Ich bin obdachlos, arbeitslos und hab mir grad zu allem Unglück auch noch das Bein gebrochen. Deswegen freue ich mich über eine kleine Spende. Das Universum möge es euch danken.« Die Gestalt kneift die Augen zusammen und pliert Finn und Jola an. »Ach, nee, sorry, doch nicht …«

Die Gestalt will weiterschlurfen. »Warte mal«, ruft Jola. Sie fummelt einen Euro aus der Tasche und hält ihn dem Bettler hin, aber der schüttelt den Kopf.

»Nee, von Kindern nehm ich nüscht. Da müsst ich mich ja schämen.«

»Wieso?«, fragt Jola. »Geld ist Geld.«

Der Bettler zögert. Unter seiner speckigen Jacke und den zerrissenen Hosen trägt er schief getretene Turnschuhe. Die Kappen sind aufgeschnitten und schmutzige Zehen gucken heraus.

Finn, dem der Mann auch leidtut, kramt ebenfalls Kleingeld hervor.

Udo schüttelt missbilligend den Kopf. »Betteln ist hier untersagt. Aber der Meister versucht es immer wieder. Und die Touristen glauben ihm das alles noch. Mal ist er blind, mal hat er ein kaputtes Bein, mal Krebs ...«

Er wendet sich an den Bettler. »Besser, du verschwindest hier ganz schnell.«

»Aber, Udo«, sagt Finn. »Wir können ihm doch trotzdem was geben ...«

»Ja, genau«, sagt Jola. »Hier ist doch eh alles geschwindelt. Das alte Schloss ist nicht alt. Und du bist auch kein echter König.«

Der Bettler verzieht die Lippen zu einem schiefen Grinsen. »Die sind echt gewitzt, die beiden.«

Udo grummelt. »Aber nur ausnahmsweise ...« Er kramt auch noch ein bisschen Kleingeld hervor und Jola gibt dem Bettler die Münzen.

»Danke schön, Prinzessin, Ihro Majestät. Echt nett von euch.« Der Bettler hat noch was auf dem Herzen. »Sagt mal, wo wir gerade dabei sind ...« Er deutet auf eine Touristengruppe vor dem Nord-Portal. »Ich hab da drüben ein paar Amerikaner gesehen. Die haben *money*. Aber ich hab vergessen, wie man gebrochenes Bein auf Englisch sagt. Und mein Smartphone mit dem Translator hamse mir grade geklaut.«

Finn überlegt, aber Jola hat schon die Antwort: »*Broken leg* heißt das.«

»Ah ja, genau, *broken leg*!« Der Bettler klatscht sich an die Stirn und humpelt dann schnell weiter. »*Broken leg ... broken leg …*«, murmelt er dabei immer wieder, damit er es auch ja nicht vergisst.

»Kinder, Kinder, ihr macht mich noch ganz wuschig«, sagt Udo und schaut auf die Uhr. »Eigentlich habt ihr ja das komplette Tour-Programm gebucht und ich hab euch noch gar nichts über Andreas Schlüter erzählt. Der hat das hier nämlich alles entworfen. Ein Meister des barocken Klassizismus …«

Finn und Jola tauschen einen Blick.

»Ach«, sagt Finn. »Ist nicht so schlimm, wenn wir nicht die ganze Tour schaffen, Udo.«

Jola nickt. »So spannend ist der alte Kram nun auch wieder nicht. Weißte, was jetzt voll klassidingsbums wär?«

Udo zieht die buschigen Augenbrauen zusammen.

»So ein richtig fettes Eis.« Jola zeigt auf eine Verkäuferin, die hinter einem mobilen Eiswagen steht.

»Ja«, sagt Finn, der die Idee auch gut findet.

»Na gut«, seufzt Udo. »Wir leben ja in einer Zeit, wo Kinder auch mal bestimmen dürfen. – Aber das geht jetzt auf meine Rechnung!«

8.

Das Windelhochwasser

Udo hat sich nicht lumpen lassen. Es ist wirklich ein barockes Eis, das er Finn und Jola spendiert hat: vier Kugeln übereinander!

Sie setzen sich damit auf eine Bank vor dem Schloss und lecken um die Wette, damit ihnen nicht alles wegschmilzt. Dann muss Udo auch schon wieder los – zu seiner nächsten Führung.

»Udo ist echt 'ne Marke«, sagt Jola und schaut ihm hinterher, wie er mit wehenden Rockschößen im Schloss verschwindet. »Manchmal weiß ich nicht, ob er wirklich glaubt, dass er ein König ist, oder nur so tut.«

Finn zerkaut den letzten Zipfel seiner Eiswaffel. »Vielleicht ist das so mit der Einbildung. Wenn man nur lange genug an etwas glaubt, dann denkt man, es ist wirklich so. Wie mit Frau Buchborns Schatz ...«

Jola steht entschlossen auf. »Die kriegt jetzt was von uns zu hören. Von wegen ›Geheime Mission‹.«

Malwina ist gerade irgendwo auf der Station unterwegs. Finn und Jola gehen direkt zu Frau Buchborns Zimmer. Auf ihr Klopfen kommt wieder keine Antwort. Jola öffnet die Tür. Knöllchen sitzt angezogen auf ihrem Bett, als hätte sie sich seit dem letzten Mal nicht von der Stelle gerührt. Das andere Bett ist leer.

»Ist Frau Buchborn nicht da?«, fragt Finn.

»Nein.« Knöllchen schüttelt bedächtig den Kopf und reißt ein Stück von dem Papierhandtuch auf ihrem Schoß ab.

»Wissen Sie, wo sie ist?«, fragt Finn.

»Nicht hier.« Knöllchen knüllt den Schnipsel langsam zusammen.

»Und wo dann?«, hakt Jola nach.

»Oh, das weiß ich nicht.« Knöllchen legt das Kügelchen bedächtig in die schwarze Handtasche neben ihr, die schon randvoll ist mit weiteren Kügelchen. »Ich bin gerade sehr beschäftigt.«

Jola wirft Finn einen Blick zu und wispert: »Die ist wirklich plemplem!«

Finn erinnert sich an ihren letzten Besuch. »Vielleicht ist Frau Buchborn ja im Garten.«

Aber auch im Garten ist Frau Buchborn nicht. Finn und Jola gehen wieder auf die Station zurück. Malwina ist immer noch unterwegs. Also laufen sie über den Gang, klopfen an die

Türen und schauen in alle Zimmer. Auf einem Bett schnarcht ein alter Mann mit weit offenem Mund, unter ihm hängt ein Plastikbeutel voller Urin. Im nächsten Zimmer sitzt eine Frau im Rollstuhl und löst ein Sudoku. Als sie Finn und Jola sieht, lächelt sie zahnlos. »Na, ihr beiden Engel?« Am Ende des Gangs ist noch eine Tür. Auf einem Schild daneben steht »Material-Lager«.

»Da drin haben wir noch nicht geguckt«, sagt Jola und öffnet. Sie schauen in einen dunklen Raum voller deckenhoher Regale. Die Fächer sind gefüllt mit Windelpackungen, Bettwäsche und Matratzenunterlagen. Jola will die Tür gerade wieder schließen, da riecht Finn etwas – Rauch!

»Frau Buchborn!«

Im Halbdunkel glimmt schwach ein roter Punkt.

»Finn!«, ertönt Frau Buchborns energische Stimme. »Sag doch gleich, dass du es bist! Ich dachte schon, du seist der Fatzke!«

Frau Buchborn hockt im Schatten der Regale auf einer kleinen Trittleiter.

»Was ... was machen Sie denn hier?«, stottert Finn verdattert.

»Na, was wohl!?« Frau Buchborn zieht an der Zigarette, sodass die Spitze hell aufglüht. »Ich brauch einfach mal eine Pause. Knöllchen treibt mich noch in den Wahnsinn. Die ist völlig dement!« Frau Buchborn bläst Rauch aus und schaut

Finn und Jola erwartungsvoll an. »Habt ihr den Schatz gefunden?«

»Leider nein«, sagt Finn. »Wir waren in der Wohnung, aber da war nichts im Kachelofen.«

»Auf jeden Fall kein Schatz«, ergänzt Jola.

»Aber dafür war da eine neue Frau«, sagt Finn.

»Eine neue Frau?!« Frau Buchborn drückt die Zigarette in einer kleinen Tablettendose aus.

»Wahrscheinlich die neue Mieterin«, erklärt Finn. »Sie war bei der Besichtigung dabei und wollte die Wohnung unbedingt haben.«

»Ich glaub eher, die will meinen Schatz unbedingt haben!«, ruft Frau Buchborn. »Enkeltrickbetrüger! Davon liest man ja überall. Die geben sich als Enkel aus und – zack – ist der ganze Schmuck weg!« Frau Buchborn schiebt das Tablettendöschen zwischen die aufgestapelten Matratzenunterlagen und steht entschlossen auf. »Aber nicht mit mir! Wir gehen da jetzt sofort hin!«

Finn weiß nicht, ob das so eine gute Idee ist. »Aber Sie dürfen hier nicht einfach raus …«

»Wer sagt das?«, fragt Frau Buchborn.

»Malwina«, sagt Finn, »die Pflegerin …«

»Die hat mir gar nichts zu sagen«, schnaubt Frau Buchborn empört.

Finn schnuppert. Irgendwas riecht komisch. Sein Blick

fällt auf den Stapel mit den Matratzenunterlagen. An der Seite steigt ein Rauchfaden auf.

Jola hat es auch bemerkt. »Ich glaub, da brennt was.«

Sie hebt die Unterlagen hoch und eine Stichflamme schießt aus dem Stapel hervor.

Finn schreit auf.

»Ach, du grüne Neune!«, ruft Frau Buchborn. »Wie konnte das denn passieren?!«

Sie packt die brennende Unterlage und wedelt sie durch die Luft. Doch dadurch fängt die erst recht Feuer. Wie eine Fackel lodert sie in Frau Buchborns Hand. Finn und Jola schlägt die Hitze ins Gesicht.

»Ahhhhh!«, schreit Frau Buchborn und lässt die Unterlage los.

Knisternd brennt sie auf dem Boden weiter. Jola tritt hektisch darauf, um die Flammen zu löschen. Finn reißt ein Bettlaken aus dem Regal und wirft es über das Feuer. Und gleich noch eins. Endlich gelingt es, den Brand zu ersticken. Nur noch Rauch quillt unter den Laken hervor. Jola reißt die Tür auf. Hustend schnappen die drei nach Luft. Finn will Frau Buchborn nach draußen schieben, da ertönt über ihnen ein Zischen. Finn spürt Tropfen auf seiner Haut. »Huch!«, ruft Frau Buchborn. Jola schaut verwirrt nach oben. Von da geht nun ein wahrer Sturzregen auf sie herab. Begleitet wird er vom Einsatz einer Sirene, die laut zu heulen beginnt. Und über allem bellt eine barsche Stimme. »Dit kannawoniwasein!« Sie gehört dem kräftigen Pfleger. Der kommt jetzt nämlich mit Malwina über den Gang gepest. »Was macht ihr hier?!«, schreit Malwina entsetzt. »Seid ihr völlig irre?!«

Finn, Jola und Frau Buchborn stehen da wie begossene Pudel. Um ihre Füße herum hat sich eine große Pfütze gebildet und darin dümpeln Windeln, Bettlaken und die angekokelte Matratzenunterlage. Aus der Sprinkleranlage pladdert es weiter aus vollen Rohren. Und dazu heult der Feueralarm.

»Zum Glück ist euch nichts passiert«, sagt Malwina.

Finn und Jola sitzen in zwei viel zu großen Bademänteln im Stationszimmer. Ihre Sachen waren so nass, dass sie sie ausziehen mussten.

»Mit ihren blöden Zigaretten hätte die beinahe die ganze Bude abgefackelt«, schäumt Malwina. »Die Frau hat sie einfach nicht mehr alle!«

Frau Buchborn ist nach dem Donnerwetter beleidigt auf ihr Zimmer abgerauscht. Nicht ohne immer wieder zu betonen, dass Finn und Jola keinerlei Schuld treffe. Das Ganze sei allein ihre Verantwortung. Beziehungsweise die der Anstaltsleitung, die sie in ihren Grundrechten beschneide und ihr die Nachmittagszigarette verweigere.

»Für den Wasserschaden kommt hoffentlich die Versicherung auf«, sagt Malwina. »Aber Frau Buchborn kann die Station auf keinen Fall verlassen.«

»Sie wollte nur noch mal in ihre alte Wohnung gehen und was holen«, erklärt Finn.

Malwina schüttelt den Kopf. »Selbst dafür braucht sie volle Betreuung. Ihr seht ja, was die sonst anstellt.«

»Und warum können wir nicht mit ihr gehen und auf sie aufpassen?«, fragt Jola.

»Das geht gesetzlich nicht ...«, sagt Malwina, »weil ihr noch minderjährig seid.«

»*Minderjährig*«, schimpft Jola. »Ständig sagen einem andere, was man machen darf und was nicht. Der Alte Fritz durfte als Kind schon mit Kanonen schießen!«

»So weit kommts noch«, sagt Malwina.

Jola findet das wirklich ungerecht. »Erst ist man immer zu jung für alles und dann zu alt.«

»Da ist was dran.« Malwina lacht. »Aber wenns gut läuft, haste zwischendrin 'ne lange Phase, wo du machen kannst, was du willst.«

Der Pfleger kommt ins Zimmer. »Nu könnt ihr euch wieder anziehn.« Er legt Finn und Jola ihre Sachen hin. »Jut, dass wir hier 'n Trockner in der Wäscherei zu stehen ham.«

9.

Voll öko mit Geheimrezept

»Krass, ihr habt das Altenheim geflutet!« Carlo ist schwer beeindruckt.

»Malwina ist voll ausgerastet«, sagt Jola nicht ohne Stolz.

»Na ja«, rückt Finn die Sache gerade. »Frau Buchborn hat mit ihrer Zigarette einen Zimmerbrand ausgelöst und dann ist die Sprinkleranlage angegangen«

»Wie beim Unter-Wasser-Level in *Bumbum Bazooka*«, seufzt Carlo. »Und ich war nicht dabei.«

Die drei sitzen auf dem Markt am Südstern und essen Bärlauch-Tofu-Buletten.

»So lecker«, sagt Jola mit Ketchup-verschmiertem Mund. »Man vergisst völlig, dass da kein Fleisch drin ist.«

Hinter ihnen steht Finns Papa in seinem dreirädrigen Verkaufsmobil. Damit fährt er am Markttag immer von Neustrelitz nach Berlin. Mit hundert Prozent Solarstrom, darauf ist Papa besonders stolz. Er bleibt dann meistens über Nacht und schläft bei seinem alten Freund Archibald. Papa und

Archibald haben früher zusammen Informatik studiert und in Neukölln in einer Fabriketage gewohnt. Da wohnt Archibald immer noch und hat ganz viel Platz.

»Sind die Quinoa-Puffer auch vegan und glutenfrei?«, fragt eine Frau in Trekking-Sandalen und bunten Wallekleidern.

»Aber natürlich, Ilona«, sagt Papa.

»Dann nehm ich zwei davon.«

Papa reicht Ilona eine Papiertüte und das Wechselgeld.

Carlo schluckt das letzte Stück Bulette runter und leckt sich die Finger ab. »Vegan ist das neue Vegetarisch, sagen meine Mamas immer.«

»Und als Nächstes essen wir dann alle nur noch Insekten«, schmatzt Jola. »Kakerlaken und so.«

»Iiih.« Finn verzieht das Gesicht.

»Die sind bestimmt ganz knusprig«, sagt Jola.

»Na, schmeckts?« Papa tritt zu ihnen an den Tisch.

»Ich liebe Bärlauch-Tofu-Buletten!«, ruft Jola und nimmt sich noch eine. »Das Rezept ist bestimmt streng geheim. So wie bei Coca-Cola.«

»Ja, genau«, sagt Papa. »Es liegt in meinem Tresor-Raum in Neustrelitz.«

»Echt jetzt?«, fragt Jola.

Papa senkt die Stimme. »Diese hundsgemeinen Produkt-Piraten haben es schon dreimal zu klauen versucht.

Aber trotz stundenlanger Kitzel-Folter hab ich es ihnen nicht verraten.«

»Mann, Papa«, sagt Finn und verdreht die Augen. Als er klein war, hat Papa immer irgendwelche Geschichten aus der Zeitung vorgelesen und dabei alles Mögliche dazugedichtet. Immer verrückter, bis Mama und Finn stutzig wurden.

»Aber *dir* würd ich das Rezept geben«, sagt Papa und zwinkert Jola zu. »Du müsstest natürlich schwören, dass du es niemandem verrätst.«

Jola hebt grinsend die Finger und sagt mit vollem Mund: »Ich schwöre.«

Plötzlich ertönt ein lautes Brüllen.

»Oh, ich muss wieder«, sagt Papa und eilt zurück in sein Verkaufswägelchen. Davor wartet ein Mann mit einem Doppelbuggy, aus dem das Gebrüll kommt. In den Sicherheitsgurten werfen sich Zwillinge mit hochroten Köpfen hin und her.

»Zwei Veggiewiener auf die Hand wie immer?«, fragt Papa.

»Und vier Tempehschnecken zum Mitnehmen«, ruft der Mann.

Papa reicht die Sachen über die Theke und die Wiener landen in den aus dem Doppelbuggy gereckten Fäusten. Sofort ist Ruhe.

Da vibriert Finns Handy. Er schaut auf das Display. Eine Nachricht von Mukhtar.

»Wir können morgen bei den Dreharbeiten dabei sein!«, ruft Finn freudig. »Und sogar 'ne kleine Rolle spielen, als Komparsen!«

»Yesss!« Jolas Augen leuchten. »Dann werden wir richtige Filmstars!«

»Da will ich auch mit!«, ruft Carlo.

»Logo«, sagt Finn. »Um zehn gehts los!«

»Und was machen wir jetzt mit Frau Buchborn und ihrem Schatz?«, fragt Jola.

Finn zögert. »Ich weiß auch nicht so genau.«

Als Finn und Jola in die Grimmstraße kommen, steht ein Umzugswagen vor der Tür. Zwei Männer in Latzhosen laden gerade ein rotes Sofa aus. Ein dritter verschwindet mit zwei Kartons auf dem Rücken im Haus. Finn und Jola folgen ihm in den vierten Stock. Die Tür zu Frau Buchborns alter Wohnung steht offen. Finn und Jola linsen vorsichtig in den Flur, in dem der Mann mit den Kartons verschwunden ist.

Finns Blick fällt auf das Klingelschild. Frau Buchborns Name ist mit einem Papierstreifen überklebt. Darauf steht in handgemalten Druckbuchstaben: A. Limar.

»Platz da!« Die Männer in den Latzhosen kommen mit dem Sofa die Treppe hochgeschnauft.

Finn und Jola treten zur Seite. Die Männer beachten sie nicht weiter und tragen das Sofa in die Wohnung. »Bitte ins

Wohnzimmer«, erklingt eine Frauenstimme. Danach ein Poltern und Aufatmen. »Hamse da Goldbarren drin versteckt – oder warum ist dit Teil so schwer?«

Finn und Jola lauschen. Sie hören Schritte. Plötzlich steht die Frau in dem Kapuzenpulli vor ihnen im Türrahmen.

»Na, ihr zwei?« Die Frau schaut sie fragend an. »Wollt ihr etwa zu mir?«

Finn schüttelt schnell den Kopf. »Wir ... wir wollten nur mal gucken, wer jetzt hier wohnt.«

»Ah, das ist ja nett«, sagt die Frau und legt die Hand auf ihren Bauch, der sich unter ihrem Kapuzenpulli wölbt. »Dann seid ihr hier aus dem Haus?«

Finn nickt.

»Sind Sie vielleicht mit Frau Buchborn verwandt?«, fragt Jola ganz direkt.

»Nee«, sagt die Frau und schüttelt den Kopf. »Ich kenn Frau Buchborn gar nicht.«

Beim Abendessen fragt Finn Mama, was ein »Enkeltrickbetrüger« ist.

»Wie kommst du denn jetzt darauf?«, will Mama verwundert wissen.

»Ach, einfach so«, sagt Finn.

Mama überlegt kurz. »Enkeltrickbetrüger sind Leute, die sich an alte Menschen ranmachen, um denen ihr Geld oder ihre Wertsachen zu klauen«, erklärt sie. »Sie tun so, als seien sie Enkel oder andere entfernte Verwandte, damit die alten Leutchen sie in ihre Wohnung reinlassen oder ihnen Geld geben.«

»Ah«, sagt Finn und wirft Jola einen schnellen Blick zu.

»Habt ihr etwa jemanden im Verdacht?«, fragt Mama neugierig.

Finn schüttelt den Kopf und nimmt sich noch ein bisschen Kräuterquark. Mama schaut zwischen ihm und Jola hin und her. »Ich hab auch noch mal wegen der Party nachgedacht.«

Finn hält inne. Jola vermanscht ihre Kartoffeln mit dem Quark.

»Wie wärs denn morgen Abend? Da hab ich Yoga und danach treff ich mich noch mit Kiki. Ihr hättet freie Bahn. Und Carlo kann natürlich gerne hier übernachten.«

Kiki ist Mamas beste Freundin und einmal im Monat gehen die beiden zusammen in den Hamam.

»Und wann würdest du dann wiederkommen?« Finn schiebt mit der Gabel eine Kartoffel auf seinem Teller hin und her.

»Also sicher nicht vor 23 Uhr …«, sagt Mama.

»Okaaaaay«, sagt Finn gedehnt und wirft wieder einen Blick zu Jola, die keine Miene verzieht.

»Und am nächsten Morgen frühstücken wir dann alle zusammen«, sagt Mama fröhlich. »Mit Pfannkuchen, Smoothies und allem Pipapo. Das wär doch ein guter Plan, oder?«

»Bist du sehr enttäuscht, dass wir nicht richtig Party machen können?«, fragt Finn, als er und Jola später alleine in seinem Zimmer sind.

»Naja ...« Jola streichelt Teps, die sich schnurrend auf dem Boden rekelt. »Schade, dass die Wohnung oben nicht mehr frei ist. Sonst hätten wir einfach da feiern können.« Sie schaut Finn an. »Glaubst du, diese Frau ist wirklich so eine Enkeltrickbetrügerin?«

»So richtig betrügerisch sah sie eigentlich nicht aus«, sagt Finn.

»Und sie würde dann doch auch nicht mit ihrem ganzen Zeug in die Wohnung einziehen«, sagt Jola.

»Stimmt.« Finn denkt an die Geschichte mit dem Feuer. »Vielleicht ist Frau Buchborn ja wirklich einfach verwirrt und bildet sich das alles nur ein.«

Jola fingert einen Zettel aus ihrer Hosentasche und faltet ihn auseinander. Es ist das handgeschriebene Bärlauch-Tofu-Buletten-Rezept, das Papa ihr gegeben hat. Obendrüber steht in großen Buchstaben »Streng geheim!!!«.

»Dein Papa ist echt nett ...« Jola schaut Finn an. »Wünschst du dir eigentlich manchmal, dass deine Eltern wieder zusammenkommen?«

»Hmmm.« Finn zögert. »Ich habs mir lange gewünscht«, sagt er dann. »Aber so wie es jetzt ist, ist es auch okay. Und eigentlich verstehen sie sich besser als vorher. Und streiten auch viel weniger.«

»Wenn Eltern sich streiten, ist das immer ganz schlimm«, sagt Jola und krault Teps den Bauch. »Manchmal hab ich mir dann gewünscht, dass sie sich einfach trennen, damit ich das nicht mehr hören muss.«

»Streiten deine Eltern denn so oft?«

Jola seufzt. »Geht so.«

»Aber ... ihr wollt doch alle zusammen nach Amerika?«, fragt Finn und spürt schon wieder den kleinen Stich im Herzen.

»Ich würd ja auch lieber alleine gehen«, sagt Jola. »Ohne meine Eltern. Aber dafür reicht unser Geld nicht ...«

»Ganz alleine? Würdest du sie dann nicht vermissen?«

Jola macht »Pffff« und schüttelt den Kopf. »Null.«

»Und was ist mit Malwina?«

»Die will auf jeden Fall erst mal hier bleiben«, sagt Jola. »Jetzt, wo sie gerade ihr Abi nachmacht ...«

Finn denkt an Jolas Großeltern in Polen. »Aber Babcia und Dziadek, die würden euch doch bestimmt vermissen. Und Wojciech ...«

»Wojciech, der alte Stinkstiefel?« Bei dem Gedanken an ihren Onkel schüttelt Jola den Kopf.

Sie steht auf und schaut Finn nachdenklich an. »Stimmt das wirklich, dass *du* mich vermissen würdest?«

Finn schluckt. »Ja, schon.«

Teps, die weitergekrault werden will, maunzt beleidigt.

»Und wie dolle genau würdest du mich vermissen? In Prozent … Zwanzig, dreißig, vierzig …?«

Finn überlegt und sagt dann: »Neunzig Prozent.«

»Nur neunzig?!« Jola pikst ihm empört ihren Finger in die Seite. »Warum nicht hundert?«

»Also gut: neunundneunzig!« Finn lacht hell auf. »Hör auf, das kitzelt!« Er hält ihre Hand fest, aber Jola pikst einfach mit der anderen weiter.

»Also ich würd dich zu *hundert* Prozent vermissen!«

10.

Ein Fall für Kommissar Elfadil

Am nächsten Morgen brechen Finn und Jola gleich nach dem Frühstück auf. Sie holen Carlo ab und fahren mit dem 140er-Bus zur Großbeerenstraße. Vom Kreuzberg guckt das Denkmal spitz vom Hügel. Drunter plätschert der künstliche Wasserfall über die Felsstufen in das Bassin.

Vor dem Haus, wo die Dreharbeiten stattfinden, parkt eine lange Reihe aus Lastern und Wohnmobilen. Im Laderaum eines Lkw sind lauter Scheinwerfer und Stative. Daneben stehen der Catering-Bus und ein Wagen für die Maske.

»Das hier ist Mukhtars!« Finn zeigt stolz auf eins der Wohnmobile, an dem ein Namensschild klebt: *M. Elfadil.* »Die sind für die Schauspieler, damit sie sich in den Pausen ausruhen können.«

Jola stellt sich auf die Zehenspitzen und linst durchs Fenster ins Innere. »Keiner drin.«

Ein Beleuchter kommt vorbei. »Na, wollt ihr 'n Autogramm haben?«

Finn schüttelt den Kopf. »Wir sind Komparsen. Mukhtar ist der Freund von meiner Mutter.«

»Ah«, sagt der Beleuchter und deutet auf die Durchfahrt in den Hinterhof. »Dann müsst ihr da lang. Aber die drehen gerade ...«

Finn, Jola und Carlo gehen in den Hinterhof. Eine junge Frau mit Warnweste und Walkie Talkie stoppt sie. Als sie hört, dass sie Komparsen sind, schaut sie auf einen Zettel auf ihrem Klemmbrett. »Finn Utschig, Jola Jankowski und Carlo Richter?«

»Höchstpersönlich«, sagt Jola stolz.

Die Frau lächelt sie an. »Ich bin Sibel, die Regieassistentin. Ihr seid gleich dran. Die Formalitäten hat Mukhtar schon alle geregelt. Wir richten gerade noch die Szene ein.«

Die drei bleiben stehen. Der Hinterhof ist von mehreren Scheinwerfern ausgeleuchtet. Die Kamera steht auf einem kleinen Schienenwägelchen, das von zwei Technikern langsam hin und her geschoben wird. Ein Tonmann hält eine lange Stange, an deren Ende ein puscheliges Mikrofon hängt. Darunter steht Mukhtar im Scheinwerferlicht neben einem massigen Mann mit einem pockennarbigen Gesicht.

Finn wispert aufgeregt. »Das ist Joachim Körting, der spielt den Mörder!«

»Den kenn ich«, sagt Jola. »Der ist ganz oft im Fernsehen.«

Ein kleiner Mann mit Glatze und Halstuch tritt zu den beiden und gibt Anweisungen. Mukhtar und Joachim Körting proben eine kleine Verfolgungsjagd durch den Hof. Zum Abschluss muss Mukhtar Körting mit einem angedeuteten Rempler zu Fall bringen und ihm Handschellen anlegen.

»Wir drehen erst die Totale und machen nachher die Details«, ruft der Glatzkopf. Offensichtlich ist er der Regisseur.

Sibel gibt Finn, Jola und Carlo ein Zeichen und sie folgen ihr in den Hof zu einem Sandkasten mit einer Schaukel. »Ihr steht hier im Hintergrund. Tut einfach ganz normal. Wichtig ist nur, dass ihr nicht in die Kamera schaut. Okay?«

Finn, Jola und Carlo nicken zögernd.

»Aber sind wir nicht schon ein bisschen zu alt, um am Spielplatz abzuhängen?«, fragt Jola.

»Passt schon«, sagt Sibel lächelnd. »Man sieht euch eh nur ganz klein im Hintergrund.«

Mukhtar hat sie nun auch entdeckt und winkt ihnen aufmunternd zu. Finn, Jola und Carlo winken zurück.

Der Glatzkopf ruft: »Okay. Alles auf Anfang!«

Alle gehen auf ihre Positionen.

»Kamera läuft.«

»Ton läuft.«

»Und: Action!« Der Glatzkopf klappt seine Brille runter und schaut hoch konzentriert auf einen kleinen Monitor vor sich.

Körting fängt an zu spielen. Er kommt mit einem Sack voller Leichenteile aus dem Hinterhaus und schleppt ihn zu einer der Mülltonnen. Da tritt ihm Mukhtar entgegen.

»Das nenne ich auf frischer Tat ertappt, mein Herr. Sie sind festge–«

Doch bevor er weiterreden kann, wirft Körting ihm den Müllsack vor die Füße und rennt los. Mukhtar hinterher. Körting sprintet Richtung Spielplatz. Mukhtar holt ihn ein und deutet wieder seinen Rempler an. Körting geht theatralisch zu Boden. Sofort ist Mukhtar über ihm, dreht ihm die Hände auf den Rücken und lässt die Handschellen zuschnappen.

Jola springt begeistert auf und fängt an zu klatschen. »Bravo!«

Finn wirft ihr einen warnenden Blick zu. Aber da schreit der Regisseur schon: »Stopp! Cut! Verdammt, was soll das?!«

Er springt mit rotem Kopf hinter seinem Monitor hervor. »Wo kommen denn die Lütten her?«

»Die gehören zu mir.« Mukhtar steht eilig auf.

»Das sind die Komparsen, Henk.« Sibel tritt zu dem Regisseur. »Du hast doch gesagt, du willst Schwenkfutter im Hintergrund.«

»Aber keine Zwischenrufer! Kann denen mal jemand erklären, dass wir hier Film machen und nicht Kindertheater, wo nach jeder Szene geklatscht wird?«

»Wir wissen, dass das hier Film ist«, ruft Jola dazwischen.

Der Regisseur wedelt mit der Hand, als wolle er eine Fliege verscheuchen.

»Na, und wieso klatschst du dann?!«

»*Ich* hab ja gar nicht geklatscht«, sagt Jola.

Der Regisseur runzelt die Stirn.

»Will die Kleine mich jetzt verarschen?«

Finn würde Jola gerne stoppen, aber die kommt jetzt erst richtig in Fahrt.

»Ist doch ganz logisch: Ich spiele hier ja ’n Kind. Und *das Kind* hat geklatscht. Nicht *ich*.«

Der Regisseur tritt noch einen Schritt vor, klappt seine Brille runter und schaut Jola scharf an. »Du bist wohl ’ne ganz Schlaue, was?!«

Jola nickt lächelnd. »Ich dachte, es ist witziger so. Aber wir können die Szene ja noch mal drehen, wenns dir nicht gefällt.«

»Also ich finde, sie hat recht«, schaltet Mukhtar sich wieder ein. »Es ist echt witziger so.«

Joachim Körting, der sich mit den Handschellen auf dem Rücken aufgerappelt hat, stimmt ihm zu. »Es macht die Szene viel lebendiger.«

Der Regisseur schnaubt genervt. »Leute, wir können hier nicht einfach das Drehbuch ändern! Das ist redaktionell alles so abgenommen!«

Die Kamerafrau räuspert sich. »Aber wenns alle so besser finden, Henk?«

Der Beleuchter nickt. »Das wär mal was Originelles.«

Die anderen Teammitglieder sagen nun auch ihre Meinung: »Und endlich mal was fürs junge Zielpublikum.« – »Ich fand die Szene eh immer öde.« – »So hats eindeutig mehr Pepp.«

»Stopp! STOPP!«, schreit der Regisseur wieder. »Wir kommen voll aus dem Drehplan, wenn hier alle mitdiskutieren.« Er fuchtelt hektisch durch die Luft. »*Ich* weiß, wie wir die Szene retten. Das muss *ganz anders* laufen.«

Er macht eine Kunstpause und klappt seine Brille hoch. »Also. Es ist *nicht* die Kleine, die klatscht. Die klatschen *alle drei zusammen.* – Dann hat das *richtig* Pepp! Pepp hoch *drei*!«

»Super Idee, Henk!« Die Kamerafrau lächelt ganz beglückt.

Alle im Team nicken.

Jola grinst Finn und Carlo zufrieden an. »Ich habs ja gesagt.«

Sibel schaut erleichtert in die Runde. »Dann machen wir den Take gleich noch mal?«

»Aber bitte ganz schnell!«, schnarrt der Regisseur. »Alles auf Anfang!«

Alle tun und machen. Die Maskenbildnerin kommt mit Puder. Die Kameraleute schieben die Kamera auf den Schienen zurück. Mukhtar und Körting gehen auf ihre Ausgangspositionen. Finn, Jola und Carlo machen sich bereit. Der Kameraassi schlägt die Klappe. Der Regisseur gibt das Kommando. Mukhtar und Körting fangen an zu spielen – und als die Handschellen wieder zuschnappen, rufen Finn, Jola und Carlo aus vollen Kehlen »Bravo! Bravo! Bravo!« und klatschen, was das Zeug hält.

Und jetzt fühlt es sich wirklich ein bisschen so an, als wären sie richtige Filmstars.

11.

Sturm!

Nach der Szene durften sie noch mit Mukhtar in sein Wohnmobil gehen. Sibel, die Regieassistentin, hat ihnen Limo und belegte Brötchen gebracht. Und sie und Mukhtar haben noch mal über »Mister-Wichtig-Henk« und seine »Pepp-hoch-drei-Idee« gekichert. Dann hat Mukhtar Autogrammkarten für Finn, Jola und Carlo geschrieben. Und Jola ist fast geplatz vor Stolz, als er ihr schauspielerisches Talent gelobt hat. Und auch Finn und Carlo waren überaus zufrieden mit ihrem gemeinsamen Auftritt.

»Ganz Deutschland kann uns im Fernsehen sehen«, sagt Carlo, als sie auf dem Heimweg nebeneinander hergehen. »Vielleicht werden wir berühmt.«

»Oder wir bekommen 'ne eigene Show. Und werden Influencer!«, sagt Jola.

Finn spinnt den Gedanken weiter. »Dann sagen wir allen, dass wir nicht mehr so viele fossile Brennstoffe verbrauchen dürfen, und verhindern den Klimakollaps.«

»Das wär echt mega!«, sagt Carlo. »Wir würden die Welt retten! Und alle würden uns ohne Ende feiern.«

»Apropos«, sagt Jola und bleibt stehen. »Wie machen wir das jetzt eigentlich heute Abend mit unserer Party?«

Richtig, die Party! Darüber haben sie vor lauter Aufregung gar nicht mehr gesprochen.

»Ich kann Chips mitbringen«, sagt Carlo. »Und Luftschlangen für die Deko. Von Mamas Geburtstag sind noch ganz viele übrig.«

»Wir könnten einen Film gucken«, sagt Finn. »Ich weiß Mamas Passwort für Netflix und ...«

»Wir müssen aber auch tanzen!«, unterbricht ihn Jola. »Wir brauchen 'ne Playlist, zu der wir richtig abhotten können.«

Finn nickt. »Ich kann mein Handy an die Anlage im Wohnzimmer anschließen.«

»Und das Allerwichtigste«, redet Jola weiter, »die Getränkefrage!«

»Mama hat schon massig Saft und Limo gekauft«, sagt Finn.

»Und was ist mit Alkohol?«

Finn zögert. »Alkohol? Aber ... wir sind ja erst zwölf.«

»Gerade deswegen!«, sagt Jola entschieden. »Eine Party ohne Alkohol ist für Kinder. Aber wir wollen *richtig* Party machen – wie Erwachsene!«

»Ja, genau.« Carlo gefällt die Vorstellung. »Wir lassen es *richtig* krachen!«

Finn fühlt sich bei dem Gedanken unwohl. Mama wird das nie erlauben. Und er selbst findet Alkohol auch keine so gute Idee.

Aber bevor er etwas sagen kann, verabschiedet Carlo sich schon fröhlich an der nächsten Ecke: »Wir sehen uns dann nachher zur Party!«

Als Finn die Tür aufschließt und mit Jola den Flur betritt, bleibt er überrascht stehen. Mama ist schon da. Sie läuft hektisch durch die Wohnung und wirft ihnen einen schnellen Blick zu. »Hey, ihr beiden. Hattet ihr es schön?« Statt auf eine Antwort zu warten, eilt sie weiter in ihr Zimmer. »Verdammt ... wo hab ich das Ding nur hingetan?«

»Bist du schon fertig mit Arbeiten?«, fragt Finn verwundert. Sein Blick fällt auf die Reisetasche im Flur. »Häh, verreist du?«

»Sorry. Ja.« Mama kommt aus ihrem Zimmer. »Ich muss leider ganz schnell nach Frankfurt. Irgendwas ist mit der Lieferung schiefgegangen. Die kriegen den Messestand nicht aufgebaut. Ich hoffe, wir können das noch retten.« Mama wirft einen Blick auf die Uhr und sucht weiter. »Verdammt, habt ihr das Ladegerät für mein Handy gesehen? Das Taxi kommt gleich. Der Zug geht in 40 Minuten.«

Finn zieht das Ladegerät aus der Küchensteckdose und hält es Mama kommentarlos hin.

»Ach, mein SachenFINNder!« Mama wuschelt Finn schnell über die Haare. »Was würd ich nur ohne dich machen!« Sie wirft das Ladegerät in die Tasche und zieht ihre Schuhe an. »Eure Party holen wir dann nach, wenn ich wieder da bin, ja?«

»Aber«, sagt Finn, »wir haben schon alles geplant.«

»Ich weiß«, stöhnt Mama. »Ich hab Volki gefragt, ob er kommen kann. Aber er will seinen Tofu in Neustrelitz wieder mal nicht alleine lassen.« Sie rollt die Augen. »Und Mukhtar dreht noch bis spät und muss danach schlafen.«

Jola wirft Finn einen Blick zu. Das ist ihre Chance! »Wir könnten doch trotzdem feiern.«

Finn nickt. »Du wolltest ja eh weggehen …«

Mama schlüpft in ihre Jacke. »Aber nicht die ganze Nacht.«

»Aber Mama«, sagt Finn eindringlich. »Wir sind schon zwölf! Ich hab schon öfters alleine übernachtet.«

Jola bekräftigt: »Wir können wirklich schon selber auf uns aufpassen.«

Mama zögert. Sie schaut zwischen der Uhr und Finn und Jola hin und her.

Finn fällt noch ein Argument ein. »Und wenn was ist, können wir ja anrufen. Oder zu Laura und Berke gehen.«

Laura und Berke wohnen in der Wohnung unter ihnen. Sie arbeiten beide als Übersetzer, sind fast immer zu Hause und supernett. Deswegen hat Mama auch einen Ersatzschlüssel bei ihnen deponiert, den Finn schon öfters geholt hat, wenn er von der Schule kam und seinen vergessen hatte.

Mama seufzt überfordert. »Ich weiß nicht ... Ich hab schließlich die Aufsichtspflicht ...«

Finn atmet tief durch. Manchmal können Erwachsene einfach keine Entscheidungen treffen und dann muss man ihnen einen kleinen Ruck geben. Deswegen schaut er Mama jetzt ganz tief in die Augen und sagt mit fester Stimme: »Das klappt schon alles. Du musst dir keine Sorgen machen, Mama. Wir kommen gut alleine zurecht. Es ist doch nur *eine* Nacht.«

Mama steht unschlüssig da, man sieht förmlich, wie die Gedanken in ihrem Kopf noch einmal hin und her flitzen: Ja-nein-ja-nein und – endlich zum Stillstand kommen.

»Also gut.« Sie drückt Finn und Jola kurz. »Morgen Mittag bin ich spätestens wieder da. Und versprecht mir, dass ihr wirklich keinen Unsinn macht.«

»Versprochen!«, sagt Finn.

Kaum ist die Wohnungstür hinter Mama zugefallen, macht Jola vor Freude einen Luftsprung. »Yessss! Besser hätt's gar nicht kommen können.«

Finn kann ihr Glück noch gar nicht fassen. Jetzt können sie doch noch *richtig* Party machen! »Wir haben Sturm!«

Er ruft Carlo an. Der ist ebenfalls hellauf begeistert. »Ich komme sofort!«

Finn und Jola machen sich gleich ans Werk. Sie schieben die Möbel im Wohnzimmer an die Wand. »Das ist unsere Tanzfläche!«, sagt Jola. Finn verbindet das Handy mit der Anlage. Jola bastelt an der Playlist. Schon wummern die Bässe aus den Boxen. Da hämmert jemand mit der Faust an die Tür. Finn schaut Jola erschrocken an und dreht schnell die Musik leise. Aber es ist nur Carlo. »Mann, ihr seid echt taub! Ich hab mindestens fünfmal geklingelt.« Er stellt eine Ikea-Tasche voller Schokoküsse, Chipstüten und Marshmallows auf den Tisch. »Mama und Mama sind auf die Datsche gefahren. Ich hab den ganzen Vorratsschrank geplündert.«

Finn schaut auf sein Handy. Mama hat noch mehrere Textnachrichten geschickt. Dass sie auf keinen Fall die Herdplatten anlassen dürfen, dass sie die Musik nicht zu laut aufdrehen sollen und daran denken, die Balkontüren zuzumachen, falls es regnet. Sie hat auch Laura und Berke Bescheid gesagt. Die sind abends im Theater, kommen aber spätestens um Mitternacht wieder zurück.

»Bis dahin können wir also voll aufdrehen«, sagt Jola zufrieden und stellt die Anlage wieder lauter. »Jetzt fehlt nur noch der Alkohol.«

»Ist ja geil!«, schreit Carlo. »Ihr habt wirklich Alkohol?!«

»Nee«, sagt Finn eilig. »Natürlich nicht …«

»Hat deine Mama gar nichts im Haus?«, fragt Jola verwundert. »Kein Bier? Keinen Wein? Keinen Schnaps?«

Finn schüttelt den Kopf. »Mama trinkt nie Bier. Ab und zu mal Wein oder Sekt, aber dann kauft sie immer nur eine Flasche …«

»Mist«, sagt Jola. »Ich hätte gewettet, dass deine Mama irgendwo was hat. Erwachsene haben doch sonst immer Schnaps im Haus.«

Finn ist eigentlich ganz froh darüber, dass Mama nichts im Haus hat. »Von Schnaps wird man ganz schnell betrunken. Oder sogar süchtig.«

»Wir würden ja nur gaaaanz wenig trinken«, sagt Jola. »Nur zum Anstoßen und damit wir ein kleines bisschen beschwipst sind.«

»Ich weiß, was wir machen«, ruft Carlo. »Wir gehen einfach zum Späti und holen uns Bier.«

»Guter Plan.« Jola schnalzt zufrieden. »Bier schmeckt eh viel besser als Schnaps.«

12.

Lollis für Püppi und alte Bekannte

Die drei stehen vor dem Späti an der Ecke. Es ist mittlerweile fast acht Uhr. Finn zögert. »Ich glaub nicht, dass wir hier was kriegen.« Özkan, der Besitzer, kennt ihn und Mama und wird ihm niemals Alkohol verkaufen.

»Mir schon«, sagt Jola und geht rein.

Carlo schaut ihr bewundernd nach. »Jola ist so was von cool.«

»Ja ...«, seufzt Finn und geht hinterher. Er kann Jola jetzt unmöglich alleine lassen.

Durch den engen Gang zwischen den Regalen bahnt sich Jola zielstrebig den Weg zu den Getränken. Nachdem sie die Preise studiert hat, nimmt sie drei Flaschen vom billigsten Bier aus dem Kühlfach und geht damit zur Kasse. Dahinter sitzt Özkan und lächelt Jola freundlich an. »Biste nicht noch ein bisschen klein dafür?«

»Nee, bin ich nicht«, sagt Jola und legt drei Euro auf den Tresen.

Finn, der zwischen den Regalen stehen geblieben ist, sieht, wie Özkan die Münzen kopfschüttelnd zurückschiebt.

»Tut mir leid, Fräulein, aber Bier gibts hier erst ab sechzehn.«

»Und wenn ich vielleicht schon sechzehn bin?«, sagt Jola und drückt den Rücken durch, um größer zu erscheinen.

Özkan mustert sie und wiegt dabei lächelnd den Kopf hin und her.

»Also, ganz ehrlich, wenn ich großzügig schätze, dann würd ich sagen, du bist allerhöchstens ...« Er macht eine Pause und legt die Stirn in Falten, als müsse er im Kopf einen komplizierten Rechenvorgang durchführen. »... zehn.«

»Zehn?!«, sagt Jola entrüstet. »Mann, du hast ja keine Ahnung. Ich bin längst zwölf.«

»Fehlen immer noch vier Jahre bis sechzehn«, folgert Özkan und nimmt die Bierflaschen, um sie zurückzustellen.

Jola kann es nicht fassen. »Kannst du nicht mal 'ne Ausnahme machen? Es sind doch nur drei Biere! Bei mir zu Hause in Vehlefanz hab ich schon tausendmal Bier gekauft.«

Özkan schüttelt den Kopf und zeigt auf ein Schild hinter der Kasse: *Keine Abgabe von Alkohol an Jugendliche unter 16 Jahren.*

»Lesen kannst du sicher schon mit zwölf, oder?«

Jola stemmt die Hände in die Hüften. »Ich kann noch ganz andere Sachen.« Aber bevor sie lospoltern kann, nimmt

Özkan ihr den Wind aus den Segeln. »Nicht aufregen, Püppi. Schau mal, die schenk ich dir.« Er hält Jola drei Lollis hin. »Und in vier Jahren kommste einfach wieder und dann kriegst du auch dein Bier.«

Jola schaut Özkan sprachlos an. *Lollis?! Püppi?!* Das ist ja wohl die Höhe!

»Hallo, Finn.« Özkan hat nun auch Finn zwischen den Regalen entdeckt. Er schiebt Jola sanft in dessen Richtung. »Gehört die Kleine zu dir?«

Finn nickt nur stumm und lächelt betont unschuldig.

»Dann bring die mal ganz schnell nach Hause. Da gehören Kinder wie ihr um diese Zeit nämlich hin.«

Finn nickt wieder nur stumm.

»Oder gibts irgendein Problem?«, fragt Özkan. »Ist deine Mama nicht da?«

»Doch ... doch«, stammelt Finn eilig. »Wir gehen auch gleich hoch ... Danke!« Er nimmt die Lollis, packt Jola am Arm und zieht sie aus dem Späti raus.

Carlo erwartet sie schon ungeduldig. »Und?« Sein Blick fällt auf die Lollis in Finns Hand. »Gabs kein Bier?«

»Nee«, sagt Finn und signalisiert Carlo mit einem schnellen Kopfschütteln, dass er besser nicht weiter fragen soll. »Wir gehen dann besser mal ...«

Aber sie kommen nur bis auf die andere Straßenseite. Da muss Jola erst mal ihrer Empörung Luft machen.

»Ich krieg die Krise. Der hat *Püppi* zu mir gesagt!«

»Das hat er doch nur nett gemeint …«, sagt Finn beschwichtigend.

Aber Jola ist immer noch auf 180. »Nett?! – Ich bin kein Baby mehr! Niemand nennt mich *Püppi*. Das ist eine Beleidigung!«

Carlo dreht schmatzend einen der Lollis im Mund: »Voll frauenfeindlich ist das. Mama und Mama würden dem die Rote Karte zeigen …«

Finn versucht Carlo mit einem Blick zum Schweigen zu bringen. »Warum gehen wir nicht einfach wieder hoch? Wir können doch auch ohne Alkohol Party machen.«

Jola schüttelt stur den Kopf. »Nee. So schnell geb ich nicht auf. Mir fällt schon noch was ein …«

Finn seufzt. Jola und ihr Dickschädel. Das kennt er schon. Wenn sie erst mal die Krise hat, kriegt man sie da so schnell nicht wieder raus. Dabei könnte alles so schön sein. Sie sollten jetzt zurück in die Wohnung gehen und endlich anfangen zu feiern. Er tastet nach dem Hausschlüssel in seiner Tasche – und stutzt. Häh?! Wo ist der denn? Hektisch durchsucht Finn seine anderen Hosentaschen, aber da ist kein Schlüssel drin. Ihm wird ganz heiß.

»Scheiße …«

»Wassn los?«, fragt Carlo.

»Der Wohnungsschlüssel … er ist weg!«

Carlo guckt Finn an, als sei er ein bisschen schwer von Begriff. »Dein Wohnungsschlüssel? Mit dem Namensanhänger dran?«

»Ja!«, sagt Finn und dreht seine Taschen um.

»Das kann doch nicht sein«, sagt Carlo. »Du hast die Tür doch gerade eben noch damit abgeschlossen.«

Ja, erinnert sich Finn, verdammt, das hat er! Und danach hat er den Schlüssel in die Tasche gesteckt. Aber jetzt ist er nicht mehr da.

»Ich muss ihn irgendwo verloren haben!«

»Den finden wir schon«, sagt Carlo beruhigend. »Kann ja nicht weit sein.«

Er und Finn laufen noch mal den ganzen Weg ab. Von der Haustür bis zum Späti. Und vom Späti bis zur Straßenseite gegenüber. Und dann noch mal in die umgekehrte Richtung. Über die Straße zum Späti. Und von dort bis zur Haustür. Aber der Schlüssel liegt nirgendwo.

»Scheiße, was machen wir jetzt?« Finn schaut an der Hausfassade hoch. »Laura und Berke sind bis Mitternacht weg. Vorher kommen wir nicht an den Ersatzschlüssel ran.«

»Zu mir können wir leider auch nicht«, sagt Carlo. »Ich hab keinen Schlüssel mit und Mama und Mama sind auf der Datsche.«

Finn spürt, wie die Verzweiflung ihn übermannt. »Das heißt, wir müssen die ganze Zeit draußen bleiben …«

Jola hat sich auf die Bordsteinkante gesetzt und brütet missmutig vor sich hin. »Keine Wohnung, kein Alkohol, keine Musik, kein gar nix ... Das wars dann wohl mit unserer Party.«

Carlo versucht es positiv zu sehen: »Dann feiern wir eben hier draußen. Auf der Admi ist immer was los.«

Finn schüttelt den Kopf. Nicht nur Jola, auch er kriegt jetzt die Krise. Er hatte sich so auf ihre Party gefreut. Wie konnte das alles nur dermaßen schiefgehen? »Alles nur wegen diesem blöden Alkohol«, grummelt er.

»Ach, ja? Jetzt bin also ich schuld?«, pampt Jola.

»Jetzt beruhigt euch«, versucht Carlo zu beschwichtigen. Aber Finn und Jola wollen sich nicht beruhigen lassen. Im Gegenteil.

»Ich habs ja gleich gesagt, dass das keine gute Idee ist«, sagt Finn.

»Den Schlüssel zu verlieren ist noch 'ne viel blödere Idee!«, koffert Jola zurück.

»Leute!«, ruft Carlo. »Das bringt doch jetzt nichts.«

Finn will gerade etwas richtig Gemeines sagen, da hört er plötzlich ein keckerndes Lachen hinter sich. Irgendwie kommt es ihm bekannt vor.

»Ey, ich fass es nicht, die Kackbratzen aus dem Polenkaff!«, sagt eine Stimme, die ihm das Blut in den Adern gefrieren lässt.

Finn dreht sich um. Er hat sich nicht getäuscht. Zwei Jungs kommen über die Straße auf sie zu. Groß gewachsen, blond, blaue Augen. Bosse und Lasse Hardenburg! Die beiden Brüder, mit denen Finn und Jola in Cedynia unangenehme Bekanntschaft gemacht haben.

»Oh.« Jola steht auf. »Die Banausen aus Arschlochhausen.«

»Immer noch frech wie Oskar«, sagt Bosse grinsend.

»Wir könnten die jetzt noch mal richtig verkloppen«, sagt Lasse. »Dafür, dass sie uns die Tour vermasselt haben.«

Carlo wirft Finn und Jola einen besorgten Blick zu. Er kennt die Geschichte. Letzten Sommer haben die beiden dafür gesorgt, dass Bosse und Lasse ordentlich Ärger gekriegt haben. Sie hatten auf dem Polenmarkt massenhaft Böller und Feuerwerkskörper gekauft und wollten die nach Deutschland schmuggeln. Aber da wurde nichts draus, weil Finn die ganze Ladung gezündet hat. Das Feuerwerk war gewaltig, das stand sogar in der Zeitung. Und Bosse und Lasse bekamen es mit der Polizei zu tun.

»Wir haben noch 'ne Rechnung offen«, sagt Lasse. »Ich sag nur: Todesstrafe.« Er zieht lautstark die Nase hoch und spuckt aus.

Finn spürt, wie sein Herz zu pochen beginnt. Er denkt an den Teleskopschlagstock, mit dem Lasse Jola bedroht hat.

Aber Bosse winkt ab. »Is verjährt. Schwamm drüber.« Er nimmt einen Schluck aus der Bierflasche in seiner Hand und mustert die drei von oben herab. »Ihr habt wohl gerade Zoff miteinander?«

»Nee, haben wir nicht!«, sagen Finn und Jola wie aus einem Mund. Angesichts der neuen Situation ist der Streit sofort vergessen. Finn schaut unsicher zwischen den Brüdern hin und her. Sie haben immer noch das gleiche eckige Kinn im Gesicht, nur dass auf dem von Bosse jetzt schon richtig Barthaare sprießen.

»Sieht aber ganz danach aus«, sagt Lasse feixend. »Wohnt ihr etwa hier im Kiez?«

Finn nickt und steckt schnell seine feuchten Hände in die Taschen. »Ihr etwa auch?«

Bosse verneint. »Wir glühen hier nur 'n bisschen vor.«

»Geht nichts über 'n Fußpils am frühen Abend«, ergänzt Lasse betont lässig.

»Fußpilz?« Finn verzieht das Gesicht.

»'n Pils, das man zu Fuß trinkt.« Bosse hebt grinsend die Bierflasche in seiner Hand. »Auch ›Wegbier‹ oder ›Schlendermolle‹ genannt.«

»Und wo schlendert ihr jetzt mit der Molle hin?«, fragt Carlo neugierig.

»Das wüsstet ihr wohl gerne, is aber geheim.« Lasse lacht wieder keckernd und spült mit Bier nach.

Jola deutet auf die Flasche. »Ihr habt nicht zufälligerweise noch so 'n Fußpils übrig?«

Lasse zuckt mit den Achseln. »Musste schon selber kaufen … gibts drüben im Späti.«

»Ach, nee«, sagt Jola und zieht eine Grimasse.

»Ey, die kriegen doch noch keins«, sagt Bosse.

»Klar!« Lasse prustet los und legt den Finger voll in die Wunde. »Welpenschutz!«

Die beiden Brüder beölen sich vor Lachen.

Jola wartet, bis sie sich beruhigt haben. Dann sagt sie: »Aber ihr könntet uns eins mitbringen.«

Bosse zieht die Augenbrauen hoch. »Wir sollen euch ’n Bier kaufen?«

»Wär doch nett.« Jola grinst die beiden herausfordernd an. »Eure sind auch schon fast wieder leer.«

Bosse und Lasse schauen auf ihre Biere. Jola hat recht.

Die Brüder verschwinden im Späti und kommen gleich drauf mit drei neuen Flaschen wieder raus.

»Na, also«, sagt Jola zufrieden. »Da kommt *unser* Bier.«

Finn ist skeptisch. Aber zumindest hat die Aktion bewirkt, dass Jolas schlechte Laune verflogen ist. Finn denkt wieder an den Schlüssel. Er kann sich einfach nicht erklären, wie er ihn verloren hat. Doch wenigstens können sie ja in ein paar Stunden den Ersatzschlüssel bei Laura und Berke holen. Und wenn Mama morgen zurückkommt, wird Finn ihr alles erklären.

Aber erst mal gehen sie mit Bosse und Lasse zur Admiralbrücke und setzen sich auf das Kopfsteinpflaster. Es ist noch ganz warm von der Sonne. Lasse hebelt mit einem Feuerzeug die Flaschen auf, sodass die Kronkorken ploppend durch die Luft fliegen.

»Prösterchen.« Er reicht Jola eins der Biere. »Aber schön teilen!« Er und Bosse nehmen die anderen zwei. Klirrend schlägt das Glas aneinander. Jola trinkt einen Schluck und gibt die Flasche an Finn weiter. Der nippt vorsichtig. Er hat schon mal Bier probiert. Bei Opa Klaus darf er immer den Schaum vom Glas abtrinken. Aber jetzt schießt ihm das Bier aus dem Flaschenhals sprudelnd in den Mund und steigt ihm in die Nase. Es schmeckt bitter und säuerlich. Ein bisschen wie Kotze.

»Lass mir auch noch was übrig«, schreit Carlo, der es gar nicht erwarten kann. Er setzt die Bierflasche an, trinkt und verschluckt sich prompt.

»Immer schön langsam, Kleiner«, lacht Lasse. »Das ist keine Fassbrause.«

Carlo verdreht die Augen, schwankt übertrieben hin und her und lallt. »Ich glaub, ich bin schon hackedicht.«

»Mann, du bist ja 'n richtiger Komiker«, sagt Bosse.

Alle lachen. Auch Finn. Er hat noch mal nachgerechnet. Wenn sie das Bier durch drei teilen, bedeutet das ungefähr ein halbes Glas für jeden. Davon bekommt man vielleicht einen kleinen Schwips, aber es ist hoffentlich nicht lebensgefährlich. An Weihnachten hat Finn einmal bei Oma Hilde und Opa Klaus eine ganze Packung Schokotannenzapfen gegessen. Da war Eierlikör drin und Mama hat mit Oma geschimpft und von einer möglichen Alkoholvergiftung gesprochen. Finn war einfach nur schlecht und er musste ganz viel Kamillentee trinken und das war dann richtig eklig.

Jola hält Finn die Flasche hin. Er ist wieder an der Reihe und nimmt einen vorsichtigen Schluck. Um sie herum sitzen überall kleine Grüppchen auf der Brücke. Ein Mann mit einem Stirnband spielt Gitarre und singt »Perfect day« von Lou Reed. Finn kennt das Lied, weil Mama es oft beim Putzen hört und laut mitsingt. Vom Böcklerpark wehen Grillschwaden herüber. Die Lichter der Laternen spiegeln sich auf dem Landwehrkanal. Und wenn die Sache mit der verkackten Party nicht wäre, dann wäre es wirklich ein perfekter Sommerabend.

Sogar mit Bosse und Lasse ist es irgendwie auf einmal richtig nett. Dabei waren sie letztes Jahr noch voll die Megagigantokotzwürgriesenbrocken. Als Finn Papa von der Geschichte in Polen erzählt hat, hat der sich voll aufgeregt und gesagt, dass Bosse und Lasse »wohlstandsverwahrloste Jugendliche« seien.

»Yo, wir hatten echt 'ne krasse Phase«, räumt Bosse ein.

»Megakrass«, bekräftigt Lasse. »Unsere Eltern wollten uns schon ins Internat stecken …«

»Aber das waren alles die Hormone«, sagt Bosse. »Die machen dich zum Zombie. Da weißt du nicht mehr, wer du bist.«

Finn schaut zu Jola und Carlo und fragt sich, ob diese Hormone bald auch Zombies aus ihnen machen werden. Manchmal hat er schon so ein komisches Gefühl. Als würde irgendwas in seinem Körper verrutschen … als seien seine Hände und Füße in eine andere Dimension rübergewandert, während der Rest noch in der alten bleibt. Oder als hätte er plötzlich eine magische Brille auf, mit der er Sachen sieht, die er vorher nie gesehen hat: die flaumigen Härchen auf Jolas Armen zum Beispiel, die sich so weich anfühlen. Oder die kleine Falte über ihrer Nasenwurzel, die sie kriegt, wenn sie sauer ist …

»So, Leute«, Bosses Stimme holt Finn aus seinen Gedanken. »War nett mit euch. Aber wir müssen jetzt weiter.«

Lasse nickt und schaut auf die Uhr. »Es ist gleich neun.«

»Ah, euer Geheimnis.« Jola lächelt. »Jetzt könnt ihr's uns doch verraten, wo ihr hingeht.«

Bosse und Lasse tauschen einen kurzen Blick. »Auf 'n Open Air Rave …«

»'n Open Air Rave?« Jola horcht auf.

Lasse grinst: »Meute-Party.«

»Da kommen wir mit!«, sagt Jola elektrisiert.

»Ja!« Carlo schaut auf sein Handy. »Wir haben eh noch ewig Zeit ...«

»Nee, nee.« Lasse winkt ab. »Das könnt ihr vergessen. Die Meute ist nix für Kinder.«

»Hey, Vorsicht«, sagt Jola. »Sag nicht Kinder zu uns. Sonst krieg ich gleich wieder die Krise.«

Lasse zieht die Augenbrauen zusammen. »Willst du uns jetzt drohen!?«

»War Spaß«, sagt Jola besänftigend. »Aber auf die Party würden wir echt gerne mit. Ganz im Ernst.« Sie plinkert die Brüder mit einem Augenaufschlag an. »Biiiitteeee.«

»Na, wenn du soooo nett fragst ...« Bosse wird weich.

Lasse guckt ungläubig zu seinem Bruder. »Alter ... !?«

Aber Bosse lacht. »Wieso? Ist doch witzig. Dann erleben die mal was ...«

»Ganz genau!« Jola springt auf und schaut Finn und Carlo mit leuchtenden Augen an. »Party stand bei uns heute Abend eh aufm Plan!«

13.

Die wilde Meute

Bosse und Lasse gehen vorneweg. Finn, Jola und Carlo hinterher. Sie müssen pünktlich an der U-Bahn-Station am Südstern sein. Lasse bleibt dabei, dass er »die Aktion« extrem uncool findet, und achtet demonstrativ auf Abstand, damit es nicht so aussieht, als gehörten die »Babyfaces« zu ihm.

Finn zweifelt auch ein bisschen daran, ob das Ganze wirklich ein guter Plan ist. Jola hingegen ist voll im Glück und trägt ihr ›Fußpils‹ wie einen Siegespokal vor sich her.

Bosse hat ihnen erklärt, dass die Meute ein selbst organisiertes Partykollektiv ist. Einmal im Monat gibt es einen »Rave« irgendwo an einem geheimen Ort in der Stadt. Wann und wo genau die Meute-Party ist, erfahren nur die Eingeweihten übers Internet. Heute geht es nach Haselhorst in Spandau. Deswegen müssen sie auch unbedingt die U7 um 21:03 Uhr Richtung Ruhleben kriegen. Die ist nämlich der »Meute-Express«.

Als der Zug einfährt, sind die hinteren Wagen schon voller

Jugendlicher. Die Türen gehen auf und laute Musik wummert heraus. Die anderen Leute auf dem Bahnsteig fliehen eilig zu den vorderen Wagen. Bosse, Lasse, Finn, Jola und Carlo quetschen sich zwischen die dicht gedrängt stehenden Leiber. Die Türen schließen und die U-Bahn fährt weiter. Finn, Jola und Carlo staunen. In den Gängen zwischen den Sitzen sind Bierkästen und Kartons mit Billig-Wodka aufgestapelt. Die Musik kommt aus einer großen Boom-Box, die auf eine Sackkarre geschnallt ist. Trotz der Enge grooven alle im Wagen zu den Beats. Es sieht ein bisschen so aus wie eine Herde Pinguine auf einer Eisscholle. In der Doku, die Finn neulich mit Mama geguckt hat, standen die auch so dicht gedrängt und haben mit den Flügeln gewackelt.

Finns Handy brummt. Er schaut auf das Display. Oh, Gott, Mama ruft an! – Ihm bricht der Schweiß aus. Was tun?

»Und wenn du einfach nicht rangehst?«, schlägt Carlo vor.

»Du kannst ja sagen, der Akku war alle«, sagt Jola.

»Dann wird sie sich erst recht Sorgen machen. Und dann ruft sie bestimmt bei Laura und Berke an. Ich *muss* rangehen.«

Das Handy brummt wie eine wild gewordene Wespe in einer Limoflasche.

Finn holt tief Luft und hebt ab. »Hallo, Mama.«

»Finn, ich wollte nur hören, ob alles okay ist.«

Finn sagt schnell: »Ja, alles super hier.«

»Seid ihr zu Hause?«

»Ja, wir sind zu Hause …«, lügt Finn.

»Was ist das denn für ein Lärm im Hintergrund?«

Finn wird noch heißer. »Äh, Carlo, Jola und ich tanzen gerade …«

»Wie schön!«, sagt Mama. »Dann wünsch ich euch ganz viel Spaß. Aber macht bitte nicht zu laut. Und spätestens um Mitternacht seid ihr im Bett, ja?«

»Ja«, ruft Finn, während die U-Bahn quietschend durch den Tunnel fährt. »Tschühüsss!«

Er legt eilig auf. Gerade noch rechtzeitig, bevor die Ansage ertönt: »Nächster Halt: Mehringdamm!«

»Und? Hat sie was gemerkt?«, fragt Carlo aufgeregt.

Finn wischt sich den Schweiß von der Stirn. »Ich glaub nicht.«

Am Mehringdamm quetschen sich noch mehr Jugendliche in den Wagen. Bei jedem Halt kommen immer noch neue dazu und bald stehen sie so dicht, dass niemand mehr umfallen kann. Endlich – nach 22 Stationen, Finn hat sie auf dem Streckenplan an der Decke des Waggons gezählt – erreichen sie Haselhorst. Die Türen fliegen auf und der Zug spuckt seine Ladung aus. Mit den Bierkästen zwischen sich strömen die Jugendlichen Richtung Ausgang. Ein Junge schiebt die Boom-Box auf der Sackkarre und hüllt die Prozession in eine

Wolke aus Musik. Die Karawane zieht über die Straße und biegt neben einer Lagerhalle auf einen Schotterweg ab. Am Ende des schmalen Pfades öffnet sich eine wilde Brache am Ufer der Spree. Finn, Jola und Carlo reißen die Augen auf: Es sieht aus wie der Strand einer Südseeinsel! In den Bäumen hängen bunte Lampions. Darunter schaukeln Hängematten in der lauen Brise. Es gibt eine improvisierte Bar mit alten Sesseln und Sofas. Und am Kopf der Tanzfläche eine zusammengezimmerte Bretterbude. Auf deren Dach funkelt eine Discokugel. Drinnen steht ein lachender Hase. Besser gesagt: ein DJ mit einer grinsenden Hasenmaske auf dem Kopf. Zur Begrüßung schiebt er die Regler hoch und rudert mit dem Arm wild durch die Luft. BOOM! BOOM! BOOM! Aus den Boxentürmen ballern die Eröffnungsbässe des Meute-Liedes. Wie auf Kommando jubeln alle los, reißen die Arme hoch und stürzen auf die Tanzfläche.

»Party!«, schreit Jola und rennt los. Finn zögert. Carlo reißt ebenfalls die Arme hoch und folgt Jola. Bosse und Lasse werfen sich einen amüsierten Blick zu. Sie bleiben erst mal cool am Rand stehen und öffnen die nächsten Biere. Finn schaut unschlüssig zu, wie die anderen tanzen. Ein Mädchen mit schlumpfblau gefärbten Haaren macht akrobatische Verrenkungen. Daneben kippelt ein Hoodie-Träger mit dem Oberkörper hin und her wie ein Roboter in Zeitlupe. Jola und Carlo wiegen sich in den Hüften und winken ihm: Komm!

Finn weiß nicht genau, was er machen soll. Er war noch nie auf so einer Party – und so richtig getanzt hat er auch noch nie. Auf einmal erkennt er überrascht noch ein Gesicht in der Menge: Leo, der Sohn von Papas Freund Archibald! Leo ist schon 16 und Finn kennt ihn vom Sehen. Er schaut einen Moment zu, wie Leo superlässig mit schlackernden Armen und Beinen tanzt, und irgendwie beruhigt es ihn, dass Leo auch hier ist. Mutiger geworden schlendert Finn jetzt auch zu Jola und Carlo, die schon voll in Fahrt sind. Er stellt sich dazu und deutet die ersten Tanzbewegungen an. Erst fühlt es sich komisch an, aber dann werden seine Beine lockerer. Der Refrain des Meute-Lieds schallt über die hin und her wogende Menge: *Heute! Leute! Fette Beute! … Wir sind die Meuuuuute … die wiiiiiilde Meuuuute* … Alle grölen mit … Hände, Füße, Arme, Beine fliegen durch die Luft … Jola lacht Finn an: »Na, was sagste?! Wir machen Party!«

Neben Carlo tanzt ein Typ, dessen Tarnfarben-Hosen auf Kniehöhe hängen. Er macht zuckende Bewegungen, als bekäme er ständig Stromschläge, und rempelt Jola dabei immer wieder an.

»Mann, pass mal auf!«, ruft Jola.

»Wassn?« Die Hose grinst und rempelt Jola noch mal an. »Magste etwa meine Moves nicht?«

»Nee«, schreit Jola zurück. »Behalt deine Flossen bei dir.«

Finn findet den Typen unangenehm. Er rückt dichter an

Jolas Seite und hält vorsorglich nach Bosse und Lasse Ausschau. Aber die sind irgendwo in der Menge verschwunden.

Die Hose lässt nicht locker und tatscht nach Jolas Arm. »Ey, jetzt hab dich mal nicht so, Baby.«

Jola wehrt seine Hand ab. »Lass das! Sonst kotzt *Baby* dir nämlich gleich ins Gesicht, wenn du nicht abhaust!«

Carlo grinst über beide Backen. Jola und ihre Sprüche! Die Leute um sie herum lachen ebenfalls. Der Typ öffnet den Mund, will noch etwas sagen – aber dann lässt er es doch lieber und verzieht sich schnell.

»Gut, dass der weg ist«, sagt Finn erleichtert.

Jola lacht. »Jetzt haben wir richtig Platz für *unsere* Moves!« Sie wedelt mit den Armen und hüpft los wie ein wild gewordener Flummi. Finn und Carlo ebenso. Sie tanzen jetzt alle drei richtig los. Immer wilder. Über der Bretterbude rotiert die Discokugel. Finn spürt den stampfenden Bass warm in seiner Magengrube. Jolas Locken fliegen durch die Luft. Carlo macht den Robo-Walk und es sieht perfekt so aus, als würde er auf der Stelle laufen. Jola wiegt sich im Takt der Musik ... die Augen geschlossen ... Finns Haut ist nass vor Schweiß ... ein Break ... der Refrain kommt wieder ... alle reißen die Arme hoch und singen mit: *Wir sind die ... Meuuuuute ... die wiiiiiilde Meuuuute ...* Jola öffnet die Augen und strahlt Finn an ... Finn strahlt zurück ... ihre in die Luft gereckten Arme wedeln hin und her ... sie tanzen ... springen ... Jola beugt ihren Kopf zu

Finn vor … er fühlt, wie ihre Haarspitzen über seine Wangen streifen … aus ihrem Mund kullert ein glucksendes Lachen … »PAAAAARTYYYYY!«, schreit sie. Finn lacht. Jola greift nach seinen Händen … die Berührung ist ganz warm und weich … Er spürt, wie ein Schauer durch seinen ganzen Körper läuft … Carlo reiht sich ein … Hand in Hand tanzen sie zu dritt … *Wir sind die Meuuuuute … die wiiiiilde Meuuuute* … Um sie herum werfen sich Leute amüsierte Blicke zu, einige machen Sprüche: »Kiek dir die Kindermilchschnitten an.« – »Die haben ja noch nicht mal Haare am Sack.« – »Was hat das Sandmännchen denen denn ins Fläschchen gemischt?« – Aber Finn, Jola und Carlo schert das nicht … sie tanzen einfach weiter … immer wilder und wilder … vor Finns Augen dreht sich alles im Kreis … die Gesichter von Jola und Carlo … die wogende Menge um sie herum … der sternengepunktete Nachthimmel über ihnen … und es fühlt sich an, als würde er gleich platzen vor Glück. So schön ist alles.

Das Erste, was wieder in Finns Bewusstsein dringt, ist ein leichtes Schaukeln. Als wäre er auf einem Schiff, das auf der sanften Dünung hin und her rollt. Verwirrt blinzelt er in die Dunkelheit und spürt die Wärme anderer Körper neben sich. Es sind Jola und Carlo. Sie liegen zu dritt in einer der Hängematten, die sachte hin und her schwingt. Von der Tanzfläche wummert gedämpft die Musik zu ihnen rüber. Vereinzelte

Silhouetten wiegen sich im Schein der Lichter. Finn erinnert sich, dass sie irgendwann vom Tanzen ganz müde geworden sind und sich in die Hängematte gelegt haben. Da müssen sie eingeschlafen sein …

Jola wacht nun ebenfalls auf, hebt den Kopf und guckt Finn verwundert an. »Wie siehst du denn aus!?«

Finn starrt in Jolas Gesicht. »Das wollte ich dich gerade fragen!«

Jola hat einen geschwungenen Bart über dem Mund. Auf ihrer Stirn prangen Teufelshörner. Sie sind wie der Bart mit schwarzem Filzstift gemalt. Finn schaut zu Carlo. Um die Augen hat der eine große runde Brille. Darunter wachsen ihm Schnurrhaare wie bei einer Katze.

Finn rubbelt über seine Haut: »Gemeinheit! Jemand hat uns angemalt!«

Jola kichert. »Du siehst aus wie ein Clown. Und hinter deinem Ohr steht …« Sie beugt sich vor, um es lesen zu können. »© LaBoss.«

»Lasse und Bosse! Die Schweine!« Finn wischt hektisch mit Spucke in seinem Gesicht rum.

Jola kichert noch lauter. »Und jetzt siehst du aus wie ein Clown, der in die Spree gefallen ist.«

Finn starrt auf seine verschmierten Finger. Carlo klappt nun auch die Augen auf und plinkert verschlafen durch seine aufgemalte Brille. »Leute, wie seht ihr denn aus?«

»Schau dich mal an!« Jola kriegt sich gar nicht mehr ein vor Kichern.

»Mann, ich find das gar nicht lustig«, sagt Finn.

Ein Mann mit einem Irokesenhaarschnitt torkelt an ihnen vorbei und sammelt die leeren Flaschen ein, die überall rumliegen.

»Letzte Runde, falls ihr noch was bestellen wollt. Die Bar macht gleich zu.«

»Äh … wie spät ist es denn?«, fragt Finn.

»Vor'n paar Minuten wars noch viertel vor vier«, sagt der Iro.

Viertel vor vier?! Finn springt wie von der Tarantel gestochen aus der Hängematte. »Oh, Gott! Wir müssen nach Hause!«

14.

Brummschädel

Mit müden Beinen stolpern sie zurück zur U-Bahn-Station. Von Bosse und Lasse ist weit und breit keine Spur mehr zu finden. Die Brüder haben ihren Spaß mit ihnen gehabt und sich danach einfach vom Acker gemacht. Finn ist immer noch empört. »Ich habs gleich gewusst, dass denen nicht zu trauen ist.«

Jola nickt gähnend. »Banausen bleiben eben Banausen. Aber ohne sie wären wir nie auf die Party gekommen.«

Die U-Bahn ist für die frühe Tageszeit schon erstaunlich voll. Menschen, die zur Arbeit fahren, Nachtschwärmer, die nach Hause wollen, Touristen, die auf dem Weg zum Flughafen sind. Mit ihrer Gesichtsbemalung ernten Finn, Jola und Carlo neugierige Blicke. Ein Mann in BVG-Uniform schüttelt den Kopf. »Isses nich noch ein bisschen früh für Fasching, Kinder?«

»Nix Fasching«, sagt Jola und zieht eine Fratze, »das sind echte Tattoos!«

Als sie am Südstern aus der U-Bahn-Station kommen, geht gerade die Sonne auf und legt einen goldenen Lichtteppich über die Häuser. Sie laufen die Körtestraße hoch. Das knallorange Wassersprühauto der Stadtreinigung fährt zischend an ihnen vorbei und zieht eine nasse Spur über den Asphalt wie eine riesige Schnecke.

Sie müssen mehrmals klingeln, bevor nach Minuten endlich Berkes verschlafene Stimme aus der Gegensprechanlage scheppert. »Hallo?« Als sie die Treppe hochkommen, steht Berke im Bademantel in der Wohnungstür und guckt besorgt: »Finn? Ist was passiert?!«

Finn schüttelt schnell den Kopf. »Wir haben uns nur versehentlich ausgesperrt und bräuchten den Ersatzschlüssel ...«

Berke reibt sich die Augen. »Was macht ihr denn so früh am Morgen da draußen? Und wieso habt ihr euch so angemalt?«

»Äh, das war 'ne Wette ...«, stottert Finn. »Wir konnten nicht mehr schlafen und wollten Brötchen holen ... aber der Bäcker hat noch zu ...«

Kopfschüttelnd reicht Berke ihm den Ersatzschlüssel. »Ihr habt doch Ferien. Da müsst ihr doch ausschlafen.«

Jola lächelt schief: »Machen wir jetzt auch.«

Finn, Jola und Carlo schlafen tief und fest, als sich der Schlüssel in der Tür dreht. Sie haben es nicht mal mehr aufs

Hochbett geschafft, nachdem sie sich mindestens eine halbe Stunde die Gesichter geschrubbt hatten. Finn und Jola liegen unten auf dem Teppich. Carlo ist am Schreibtisch neben der Müsli-Schüssel eingeschlafen, deren Inhalt er noch in sich reingelöffelt hat.

»Halloho! – Achtung, Elternalarm!«

Mama betritt die Wohnung. Teps, die sich schwer vernachlässigt fühlt, rennt ihr laut miauend entgegen. Finn kriegt die Augen kaum auf. Verschwommen sieht er Mama im Türrahmen stehen.

»Na, ihr seht ja ausgeschlafen aus«, lacht sie. »Wie lange habt ihr denn gefeiert? Es ist schon Mittag!«

Finn krächzt etwas Unverständliches und verzieht das Gesicht. Er hat einen richtigen Brummschädel. Jola wird jetzt auch wach und richtet sich blinzelnd auf.

Mama ist weitergegangen. Ihre Stimme kommt aus dem Wohnzimmer. »Aber toll, dass ihr so schön aufgeräumt habt. Picobello!«

Carlo hebt benommen den Kopf und guckt sich verwundert um. Die Holzmaserung der Tischplatte hat sich auf seiner Wange abgedrückt.

Nacheinander stolpern die drei in die Küche, wo Mama den Mixer mit Bananen, Salatblättern und Möhren befüllt. »Erst mal brauche ich was Frisches! Das Frühstück im Hotel war echt 'ne Zumutung.«

Sie drückt den Knopf, der Mixer heult los und Finn hat das Gefühl, dass sein Schädel gleich platzt.

Mama stoppt den Mixer und schaut Finn fragend an.

»Ihr seid so still … gehts euch nicht gut?«

»Doch, doch«, sagt Finn schnell.

»Alles gut«, bekräftigt Jola.

»Spitzenmäßig«, ergänzt Carlo.

Mama schenkt vier Gläser Schlammbrühe ein und trinkt. »Ah, das tut gut!« Finn, Jola und Carlo kippen das Zeug einfach stumm runter.

Ein Telefon dudelt. Es ist Jolas Handy. Sie holt es und schaut überrascht auf das Display.

»Malwina. Was will die denn?« Jola hebt ab. »Hallo?«

Sie lauscht … kräuselt die Stirn … sagt »ja« … und »hmmm« … und »nein« und wieder »ja« …

Als sie auflegt, schaut Finn sie mit besorgter Miene an.

»Schlechte Nachrichten?«

»Frau Buchborn ist aus dem Altenheim verschwunden.«

»Was?!« Finn ist plöztlich knallwach.

»Malwina glaubt, dass sie abgehauen ist. Oder sich verlaufen hat. Oder beides zusammen«, sagt Jola. »Wenn sie bis zum Abend nicht zurück ist, müssen sie die Polizei rufen.«

15.

Frau Buchborns gesammelte Werke

Für Finn, Jola und Carlo ist die Sache klar: Sie müssen Frau Buchborn finden, bevor ihr etwas passiert oder die Polizei sie sucht. Nachdem sie Mama alles erklärt haben, machen sie sich sofort auf den Weg. Mama hat versprochen, dass sie Ausschau hält und anruft, falls Frau Buchborn in der Grimmstraße auftauchen sollte.

»Vielleicht will sie ja ihren Schatz holen«, überlegt Carlo, als sie aus dem Haus treten.

Jetzt erst merkt Finn, dass er Mama wegen der ganzen Aufregung die Sache mit dem verlorenen Schlüssel noch gar nicht gebeichtet hat.

»Egal«, sagt Jola. »Das Leben einer alten Dame geht vor.«

Sie eilen Richtung Kotti. Wenn Frau Buchborn – was wahrscheinlich ist – die U-Bahn nimmt, muss sie dort aussteigen.

»Oh, nein!«, ruft Carlo. Er hat im Laufen die Nachrichten auf seinem Handy gecheckt. »Meine Mamas sind zurück. Ich soll sofort nach Hause kommen. Verdammt.«

Carlo würde so gerne mitsuchen. Aber heute ist wieder Trommel-Workshop und den darf er auf keinen Fall schwänzen, sonst gibt es richtig Stress.

Finn und Jola versprechen, dass sie ihn auf dem Laufenden halten. Sie verabschieden sich schnell und gehen weiter zur U-Bahn. Nacheinander suchen sie alle Ausgänge ab. Keine Spur von Frau Buchborn. Plötzlich hält Jola inne.

»Guck mal, den kennen wir doch«, sagt sie und deutet auf eine Gestalt.

»Ich bin obdachlos, arbeitslos und hab mir grad auch noch den Arm gebrochen. Deswegen freue ich mich über eine kleine Spende. Das Universum möge es euch danken.«

Neben dem Fahrkartenautomaten steht Broken Leg. Statt der Krücke trägt er diesmal eine schmutzige Schlinge, in der sein linker Arm liegt. Mit dem anderen hält er den Passanten den Pappbecher hin, in dem ein paar Münzen klappern.

»Hey, die junge Dame und der junge Herr«, sagt er, als er Finn und Jola erkennt.

»Na«, sagt Jola. »Heute mal *broken arm* statt *broken leg*?«

»Von der Krücke krieg ich immer Blasen an der Hand«, erklärt Broken Leg und grinst schief. »Wat macht ihr denn hier? Das ist keene gute Gegend für Kinder. Habt ihr euren König verloren?«

Finn schüttelt den Kopf. »Wir suchen eine alte Dame. Sie ist aus dem Altenheim abgehauen.«

Broken Leg runzelt die Stirn. »Hier war grad so 'ne verrückte Alte. Die hat mir was reingeschmissen. Fand sie wohl ulkig ...«

Broken Leg fingert etwas aus seinem Becher und hält es Finn und Jola hin: Es ist ein Knöllchen!

»Das war Frau Buchborn!«, ruft Finn aufgeregt. »Wo ist sie hin?«

Broken Leg deutet Richtung Admiralstraße. »Da lang.«

»Mist, dann haben wir sie gerade verpasst«, sagt Finn und spurtet mit Jola zurück in die Richtung, aus der sie gekommen sind.

Er ruft Mama an, aber im Haus ist Frau Buchborn bisher auch nicht aufgetaucht. Wo steckt sie bloß? Hoffentlich ist ihr nichts passiert. Finn und Jola hasten am Kanal entlang bis zum Urbankrankenhaus. Dort hat Frau Buchborn immer die Schwäne mit altem Brot gefüttert. Aber auch hier ist sie nicht zu finden.

Finn und Jola tun die Füße weh. Die Partynacht steckt ihnen in den Knochen. Aber Finn will noch nicht aufgeben. Eine Möglichkeit ist ihm noch eingefallen: der Friedhof am Südstern. Er hat Frau Buchborn einmal dort getroffen, als er mit Mama und Mukhtar spazieren war.

Sie gehen durch den Eingang an der Bergmannstraße. Hinter der Friedhofsmauer ziehen sich die Grabreihen den Hügel hoch. Überall stehen alte Bäume wie in einem verwunschenen

Garten. Finn und Jola laufen zwischen den Gräbern durch. Manche sind ganz alt und sehen aus wie kleine Tempel. Über allem liegt eine friedliche Stille. Außer dem Rauschen der Blätter und dem Klopfen eines Spechtes ist nichts zu hören.

»Man denkt gar nicht mehr, dass man in der Stadt ist«, sagt Jola.

Finn biegt vom Kiesweg ab und folgt einem schmalen Pfad. »Da oben irgendwo war die Stelle, wo Frau Buchborn auf einer Bank saß.«

Finn hält inne. Über einen Buchsbaumbusch ragt eine Gestalt. Jola erkennt den grauen Haarschopf sofort.

»Da ist sie!«

Tatsächlich! Auf einem Bänkchen sitzt Frau Buchborn vor einem der Gräber.

»Frau Buchborn!«

Frau Buchborn dreht sich um. »Ach, ihr seid das ...«

»Wir haben Sie überall gesucht«, sagt Finn.

»Warum das denn?«

»Sie sind aus dem Altenheim abgehauen«, sagt Jola.

»Ach, Quatsch«, winkt Frau Buchborn ab. »Man wird ja wohl noch mal bisschen durch die Stadt bummeln dürfen.«

»Was machen Sie denn hier?«, fragt Finn.

»Na, meine gesammelten Werke besuchen.« Frau Buchborn deutet auf die kleine Grabstelle vor ihnen. Finn und Jola schauen auf den Stein. Dort stehen zwei Namen:

KURT BUCHBORN, 1942–2013

MICHAEL BUCHBORN, 1966–1998

»Sind das …?«

»Mein Kurtchen und mein Michi«, sagt Frau Buchborn

Finn schluckt beklommen. Aber Frau Buchborn redet unverdrossen weiter. »Bei Kurtchen wars das Herz und bei Michi ein Motorradunfall.«

Finn wusste gar nicht, dass Frau Buchborn einen Mann und ein Kind hatte. Irgendwie schien es immer die natürlichste Sache der Welt, dass sie alleine war. Frau Buchborn war einfach nur Frau Buchborn. Und nie wäre Finn auf die Idee gekommen, dass ihr jemand fehlen könnte.

»Sie sind bestimmt traurig, dass die beiden tot sind«, sagt Jola.

»Na ja«, sagt Frau Buchborn. »Das Leben ist lebensgefährlich. Darum freu ich mich über jeden schönen Moment, den ich noch hab.«

Sie holt die Zigarettenschachtel aus ihrer Handtasche und zündet zwei an. Eine davon legt sie auf das Grab. »Die ist für Kurtchen. Der hat auch für sein Leben gerne eine gestaubt.« Sie zieht genüsslich an der anderen und bläst den Rauch über das Grab. »Aber nie mehr als fünfe am Tag!«

Jola schielt auf die Zigarette zwischen Frau Buchborns knochigen Fingern.

»Ich würd auch gerne mal eine stauben ...«

Finn guckt Jola entsetzt an und will protestieren. Rauchen ist voll schädlich und macht Lungenkrebs!

Aber Frau Buchborn lacht nur. »Kommt nicht in die Tüte! Damit fängst du gar nicht erst an.«

»Aber Sie rauchen doch auch«, sagt Jola.

»Ich bin ja auch 'ne alte Schachtel, da macht das nix mehr. Bald gehts eh über den Jordan und dann komm ich auch da rinn ...« Frau Buchborn deutet auf das Grab und seufzt. »Wenn nur der ganze Papierkram nicht wär. Und kosten tut das auch. Nicht mal den Tod gibts umsonst ...«

Sie pustet einen letzten Rauchkringel in die Luft und drückt die Zigarette aus.

»Das lässt sich bestimmt alles irgendwie regeln«, sagt Jola aufmunternd.

»Dein Wort in Gottes Gehörgang.« Frau Buchborn klopft die Asche von ihrem Rock und steht energisch auf. »So. Und jetzt will ich meinen Schatz zurück.«

16.

Der Schatz

Frau Buchborn war finster entschlossen. Sie würde diese Enkeltrickbetrügerin zur Rede stellen und zur Herausgabe ihres Schatzes auffordern. Finns Hinweis, dass es sich wahrscheinlich um eine ganz normale Mieterin handelte, wollte sie nicht hören.

»Die arbeiten heute mit allen Tricks ...«

Voll neuer Energie eilt Frau Buchborn über die Körtestraße. Finn und Jola müssen fast ein bisschen rennen, um hinterherzukommen. Auf einmal wirkt Frau Buchborn wieder ganz fit und die Zigarette scheint ihr auch nichts ausgemacht zu haben.

Sie erreichen das Haus in der Grimmstraße. Frau Buchborn lässt ihren Blick an der Fassade hochwandern, bis in den vierten Stock. »Über vierzig Jahre hab ich hier gewohnt.«

Sie steigen die Treppen hoch und dabei gerät Frau Buchborn dann doch etwas aus der Puste. Sie muss sich am Geländer festhalten und einen Moment ausruhen.

»Geht es?«, fragt Finn besorgt.

»Selbstverständlich!«, schnappt Frau Buchborn. »Ich bin ja kein Tattergreis!«

Mit Schwung nimmt sie die letzten Stufen und klingelt an der Tür, die einmal ihre Wohnungstür war. Finn und Jola werfen sich einen bangen Blick zu. Ob das mal gut geht? Sie hören schwere Schritte, dann öffnet die junge Frau. Sie erkennt Finn und Jola und lächelt verwundert. »Kommt ihr mich besuchen? Habt ihr eure Oma mitgebracht?«

»Ich bin keine Oma!«, entgegnet Frau Buchborn barsch.

Finn erklärt: »Das ist Frau Buchborn. Sie hat vorher hier in der Wohnung gewohnt.«

»Oh, verstehe ...«, sagt die junge Frau zögernd. »Dann ... wollen Sie vielleicht reinkommen?«

»Vor allem will ich meinen Schatz!«, sagt Frau Buchborn.

Finn schiebt schnell hinterher: »Wir wollten fragen, ob Sie vielleicht was gefunden haben ... in der Wohnung ...?«

»Im Kachelofen ...«, ergänzt Jola.

»Ah ...« Die junge Frau verzieht kurz das Gesicht und legt die Hand auf ihren Bauch. »Der alte Schuhkarton! Deswegen sind Sie hier.«

Finn und Jola schauen aufgeregt zu Frau Buchborn. Der Schatz! Aber Frau Buchborn reagiert gar nicht und schaut nur wie gebannt auf den Bauch der jungen Frau, der sich unter ihrem Pullover wölbt.

»Sind Sie etwa schwanger?«, fragt sie.

Die Frau nickt. »Es soll übernächsten Monat kommen. Deswegen bin ich ja auch so glücklich, dass ich die Wohnung gekriegt hab.« Sie lächelt. »Dafür musste ich allerdings den Makler ordentlich bestechen. – Aber kommen Sie doch rein ...«

Finn, Jola und Frau Buchborn betreten die Wohnung. Es ist alles sehr gemütlich eingerichtet. Sie setzen sich auf das rote Sofa im Wohnzimmer. Die Frau bringt Tee und einen Teller mit Erdbeerkuchen.

»Greift zu«, sagt sie und beißt selber hungrig in eins der Kuchenstücke. »Sonst verputz ich die alle alleine. Ich hab grad immer solche Fressattacken! Ich glaub, das Kleine steht voll auf Erdbeerkuchen!« Lachend leckt sie den Glibber von ihren Fingern. Mit dem Fuß angelt sie einen alten Schuhkarton unter einem der Schränke hervor. »Ich hab gleich bei der Hausverwaltung Bescheid gesagt, als ich ihn gefunden hab. Die wollten sich eigentlich darum kümmern, dass Sie die Sachen bekommen ...« Sie stellt den Karton vor Frau Buchborn auf den Tisch. »Ich hab kurz reingeguckt ... ich hoffe, das war okay ...«

Frau Buchborn lächelt und schaut immer noch auf den dicken Bauch. »Und wird es nun ein Mädchen oder ein Junge?«

»Ein Mädchen ...«, sagt die Frau. »Ich heiße übrigens Antonia ... Antonia Limar ...«

Finn und Jola stellen sich auch vor.

»Schön, dass wir uns jetzt kennenlernen«, sagt Antonia und hebt ihre Teetasse. »Auf gute Nachbarschaft!«

Frau Buchborn nippt an ihrer Tasse und schaut sich in dem Zimmer um. »Und hat das Kleine auch einen Vater?«

»Einen Erzeuger.« Antonia zuckt mit den Achseln. »Ob da ein Vater draus wird, weiß ich noch nicht.«

»Vater werden ist nicht schwer, Vater sein dagegen sehr«, sagt Frau Buchborn. »Ich hab damals auch die ganze Erziehungsarbeit gemacht. Mein Kurtchen musste ja immer arbeiten. Das war so üblich. Zum Glück habt ihr jungen Leute da heute ganz andere Möglichkeiten. Der kleine Finn hier ist schon in die Kita gekommen, da war er noch kein Jahr alt. Und es ist ein prima Kerl aus ihm geworden.« Frau Buchborn lächelt Finn an.

Finn wird leicht rot. Er kann sich nur vage daran erinnern, wie es damals in der Kita war. Er weiß nur noch, dass er und Carlo einmal beim Ostereieranmalen die rohen Eier erwischt haben und es dann beim Frühstück eine Riesensauerei gab, was sehr lustig war.

Jola interessiert sich null für die alten Geschichten. Sie schaut die ganze Zeit auf den Karton und hält es kaum aus vor Spannung. »Was für'n Schatz ist da nun eigentlich drin?«

Frau Buchborn zieht den Karton zu sich und öffnet den Deckel. »Persönliche Erinnerungsstücke ...« Sie holt einen

Stapel alte Fotos und Briefe heraus. »Hier sind Kurtchen und ich in Venedig. Da waren wir auf Hochzeitsreise.« Finn und Jola schauen auf das kleine Schwarz-Weiß-Foto. In einer Gondel auf dem Wasser sitzen die junge Frau Buchborn und ihr Kurtchen. Arm in Arm, wobei Frau Buchborn ihrem Kurtchen mit der Hand heimlich Hasenohren macht.

»Und das ist das erste Foto von Michi nach der Geburt.«

»Oh, wie süß«, sagt Antonia und betrachtet das Baby-Bild.

»Und hier ist er vier geworden.«

Auf dem Foto ist ein kleiner Junge auf einem Dreirad zu sehen. Im Hintergrund erkennt Finn das Haus und die Grimmstraße. Die geparkten Autos sehen alle wie Oldtimer aus. Und die Fassaden sind ganz grau und bröckelig.

Jola schaut ein bisschen enttäuscht. Nur so alter Papierkram. »Also diesen ›Schatz‹ hätten Sie nicht im Kachelofen verstecken müssen«, sagt sie. »Nicht mal vor einem echten Enkeltrickbetrüger.«

»Man weiß nie«, sagt Frau Buchborn. Sie will den Karton wieder schließen, dabei rutscht er ihr von den Knien. Der komplette Inhalt fällt heraus und landet auf dem Boden.

»Ach, du grüne Neune«, ruft Frau Buchborn.

Finn bückt sich, um die Sachen wieder einzusammeln. Da hält er überrascht inne und schaut auf das Durcheinander aus Papieren, Briefen und Fotos.

Dazwischen liegen drei große funkelnde Edelsteine!

17.

Geli macht die Sache klar

»Wie kommen die denn hierher?«, fragt Finn.

Er und Jola haben die Steine sofort wiedererkannt.

Frau Buchborn hebt sie schnell auf und legt sie in den Karton zurück.

»Ach«, sagt sie. »Die hab ich gefunden. Das ist nur Glas.«

»Die sehen aber genauso aus wie die Erinnerungssteine aus Gelis Bestattungsgeschäft«, sagt Jola.

Finn starrt Frau Buchborn ungläubig an.

Jola spricht ihren Verdacht unumwunden aus: »Haben Sie die da etwa geklaut?«

»Unsinn.« Frau Buchborn klappt den Karton zu. »Ich hab mir die nur mal *geborgt*.«

Antonia schaut verwundert von einem zum anderen. Sie versteht nur Bahnhof. Erinnerungssteine? Geklaut? Geborgt?

In Finns Kopf rattert es. Vielleicht hat Frau Buchborn die Steine ja in ihrer Verwirrtheit mitgenommen. Vielleicht aber hat sie sie auch wirklich geklaut. Was tun?

»Also, wenn Sie die Steine nur *geborgt* haben …«, denkt er laut weiter nach, »dann wollten Sie sie bestimmt wieder zurückgeben, oder?«

»Ja, genau!« Frau Buchborn lächelt in die Runde, als hätte sie nie einen anderen Plan gehabt. »Deswegen wollte ich den Schatz ja auch unbedingt wiederhaben.«

Nachdem sie sich noch mal bei Antonia für alles bedankt haben, brechen sie auf und gehen gemeinsam in die Graefestraße zu *Asche & Staub*. Frau Buchborn war der Ansicht, dass Finn und Jola die Rückgabe doch gut alleine erledigen könnten. Aber Jola fand, dass sie mitkommen und die Sache selbst erklären sollte.

Als das Glockenspiel ertönt, kommt Geli aus dem Hinterzimmer.

»Hey, ihr zwei!«, begrüßt sie Finn und Jola erfreut. »Wollt ihr noch mal Probe liegen?«

Finn schüttelt den Kopf. »Äh, wir haben noch jemand mitgebracht.« Er deutet auf Frau Buchborn, die an der Tür stehen geblieben ist, als ginge sie das Ganze nichts an.

»Oh«, sagt Geli und mustert Frau Buchborn stirnrunzelnd. »Sie waren doch schon mal hier … zu einer Beratung. Die Grabstelle auf dem Luisenstädtischen Friedhof am Südstern, stimmts?«

Frau Buchborn nickt nur stumm.

Finn legt die Erinnerungssteine auf den Tisch. »Wir wollten die hier zurückgeben.«

Geli guckt überrascht auf die Steine. »Wo habt ihr die denn jetzt auf einmal her?«

»Frau Buchborn hatte die …«, sagt Jola.

»… geborgt«, ergänzt Finn.

»Na, so was«, sagt Geli.

»Die haben mich einfach so angelacht.« Frau Buchborn ergreift nun doch das Wort und lächelt schief. »Und – schwups – sind sie in meine Handtasche gehüpft …«

»Ach so.« Geli überlegt einen Moment. »Und jetzt sind sie wieder … *rausgehüpft*?«

Frau Buchborn nickt eifrig.

Geli lacht ihr dunkles Lachen. »Verstehe.«

Finn und Jola schauen sich erleichtert an. Geli scheint nicht sauer zu sein.

»Ich glaube, Frau Buchborn braucht deine Hilfe«, sagt Finn. »Weil sie später auch ins Grab von ihrem Kurtchen und ihrem Michi möchte …«

»Ah.« Geli macht eine einladende Handbewegung in Richtung des Tisches. »Dann setzen wir uns doch alle mal.«

Nachdem Finn, Jola und Frau Buchborn alles erklärt haben, schaut Geli Frau Buchborn an. »Sie hätten also gerne eine Feuerbestattung mit Urnenbeisetzung im Familiengrab?«

Frau Buchborn nickt.

Geli rechnet kurz: »Inklusive Grabpflege kostet das so um die 2000 Euro.«

»2000 Euro!?«, fragt Finn fassungslos.

»So viel Geld hab ich nicht«, sagt Frau Buchborn.

»Irgendwelche Angehörige, die dafür aufkommen könnten?«

»Da ist ja keiner mehr.« Frau Buchborn schüttelt den Kopf. »Und um die ganzen Geldangelegenheiten hat sich immer mein Kurtchen gekümmert.«

»Gibt es da vielleicht noch irgendwelche Unterlagen?«

Frau Buchborn stellt den Schuhkarton auf den Tisch. »Wenn, dann muss alles hier drin sein.«

»Darf ich?« Geli wühlt in dem Durcheinander und zieht schließlich einen vergilbten Hefter aus dem Karton. Sie blättert ihn Seite für Seite durch. Auf einmal hellt sich ihre Miene auf. »Da hat Ihr Kurtchen aber gut vorgesorgt.« Sie deutet auf ein Papier mit ganz viel klein gedruckter Schrift darauf. »Sterbegeldversicherung! Er hatte eine – und für Sie hat er auch gleich eine mitabgeschlossen. Über 3000 D-Mark.«

»Dehmark?«, fragt Jola.

»So hieß das Geld früher, bevor der Euro kam. 3000 D-Mark, das entspricht heute knapp 1500 Euro. Damit kommen wir gerade so hin.«

Frau Buchborn seufzt erleichtert. »Mensch, Kurtchen, du gefällst mir. Er war eben einfach ein Kavalier.«

Geli lacht und verspricht, sich um alle formalen Angelegenheiten zu kümmern, wenn es so weit ist. Finn und Jola wollen Frau Buchborn dann unbedingt noch die ausgestellten Särge zeigen. Der bunt beklebte gefällt ihr auch am besten.

Am Ende sind alle sehr zufrieden. Da fällt Jola plötzlich ein, dass sie Malwina ja noch gar nicht Bescheid gesagt hat. Sie ruft ihre Schwester sofort an und die ist total erleichtert, dass sie Frau Buchborn gefunden haben.

Jola stellt auf laut: »Sie darf aber auf keinen Fall alleine ins Heim zurückfahren! Sonst büxt sie uns gleich wieder aus.«

Frau Buchborn zieht grummelnd die Augenbrauen zusammen. »Die ist keine Pflegerin, sondern 'ne Gefängnisdirektorin ...«

»Wir können sie ja bringen«, sagt Finn schnell.

Aber Geli hat noch eine bessere Idee. »Ich kann euch auch fahren«, sagt sie. »Ich hab nachher eh noch einen Kundentermin in Steglitz.«

»Das wäre natürlich großartig«, schaltet Malwina sich wieder ein.

Geli zwinkert Jola zu. »Und wenns euch nicht zu gruselig ist, können wir auch den Leichenwagen nehmen.«

»Au ja!«, ruft Jola begeistert.

»Leichenwagen?!«, scheppert Malwinas irritierte Stimme aus dem Lautsprecher.

Jola strahlt Geli an. »Das wär echt der Hammer!«

Majestätisch rollt der lange schwarze Wagen aus der Durchfahrt auf die Straße. Am Steuer sitzt Geli, neben ihr auf dem extrabreiten Beifahrersitz thronen Finn, Jola und Frau Buchborn. Jola schaut aufgeregt in den Laderaum hinter den Sitzen. Die Plissee-Vorhänge an den Panoramascheiben sind aufgezogen. In den Fahrzeugboden ist eine metallene Laufschiene mit einer Haltevorrichtung eingelassen. »Da kommt dann der Sarg rein!«

»Er muss gut befestigt sein«, sagt Geli. »Damit beim Bremsen nichts verrutscht.« Sie setzt den Winker und biegt in die Hasenheide ein. Wie eine Sänfte gleitet der Wagen dahin.

Frau Buchborn holt ihre Zigaretten hervor. »Hier drin darf man doch bestimmt auch eine rauchen?«

»Ausnahmsweise«, sagt Geli.

Frau Buchborn grinst Jola verschmitzt an. »Dann darfst du *ausnahmsweise* auch mal eine haben.«

Jola reißt überrascht die Augen auf, Finn stockt der Atem und Geli will protestieren, aber da hebt Frau Buchborn schon streng den Zeigefinger. »Natürlich nur zum Halten – nicht zum Ziehen!«

»Dann will ich auch eine«, sagt Geli. »Wennschon, dennschon.«

Frau Buchborn steckt nacheinander die Zigaretten an und reicht sie Geli und Jola. Während sie selbst genüsslich inhaliert und den Rauch aus dem Fenster pustet, hält Jola ihre Zigarette wie eine kleine Wunderkerze in den Fahrtwind.

»Willste auch mal?«

Finn schüttelt den Kopf. Auf gar keinen Fall wird er so einen Giftstängel auch nur anfassen! Obwohl er zugeben muss, dass es schon irgendwie lässig aussieht, wie Jola den Arm mit der Zigarette zwischen den Fingern aus dem Fenster hängen lässt.

Draußen auf der Straße wundern sich die Passanten auch. Immer wieder bleiben Leute stehen und schauen dem Gefährt und seinen Insassen hinterher. Manche schütteln den Kopf, manche winken und manche kriegen einfach den Mund vor Staunen nicht mehr zu.

Als Geli vor dem Altenheim ankommt, steigt Frau Buchborn wie eine Königin aus dem Auto. Erhobenen Hauptes geht sie auf den Eingang zu, wo Malwina sie persönlich in Empfang nimmt. Finn und Jola versprechen Frau Buchborn, dass sie sie bald wieder besuchen kommen. Dann fährt Geli sie zurück nach Hause. Finn kann die Augen kaum mehr aufhalten. Er merkt, wie erschöpft er ist. Erst die Partynacht und dann die Rettungsaktion ... die letzten Stunden waren echt aufregend.

Mama hat Kartoffelpuffer mit Apfelmus gemacht. Heißhungrig schlagen sie sich die Bäuche voll. Finn kann es kaum erwarten, bis es Zeit ist, ins Bett zu gehen.

Beim Zähneputzen im Bad braucht Jola diesmal viel länger als sonst. Sie drückt zwei Mal frische Zahnpasta auf die Bürste und schrubbt und gurgelt ohne Ende. Als sie endlich neben Finn auf dem Hochbett liegt, haucht sie ihn an.

»Riechste was?«

Finn riecht nur Jolas Zahnpasta-Atem – und der riecht richtig gut.

Jola nickt zufrieden. »Dann ist er jetzt endlich weg.«

»Wer?«, fragt Finn.

»Der Zigarettengeschmack. Ich hab nämlich einmal heimlich gezogen. Als du nicht geguckt hast«, gesteht Jola. »Und ich hatte die ganze Zeit den Geschmack noch im Mund.«

Finn richtet sich auf und schaut Jola entsetzt an. »Vielleicht bist du jetzt süchtig geworden?«

Aber Jola schüttelt den Kopf: »Es war voll eklig. Wie verbrannter Hundefurz mit Essig.«

Finn kichert und stellt sich einen Rauch furzenden Hund vor. »Vielleicht schmeckts den ganzen Erwachsenen ja genauso. Nur merken die es gar nicht mehr ...«

18.

Alles kommt raus

Als Finn und Jola am nächsten Morgen zum Frühstück kommen, sitzt Mama schon am Tisch und tippt an ihrem Laptop. Neben ihr steht ein Korb mit frischen Brötchen.

»Morgen«, sagt Finn.

Mama blickt von ihrem Laptop auf. »Guten Morgen.« Sie mustert Finn und dabei werden ihre Lippen ganz schmal. »Finn, wir müssen mal miteinander reden.«

Finn schwant Unheil. Wenn Mama Finn-wir-müssen-mal-miteinander-reden sagt, hat das meist nichts Gutes zu bedeuten.

»Jaha?«, sagt er und wirft Jola einen warnenden Blick zu.

Mama greift in ihre Tasche und legt kommentarlos etwas auf den Tisch.

Finn schaut darauf. Es ist *sein* Schlüssel! Der verlorene Wohnungsschlüssel! Unverkennbar! Mit dem blauen Filzanhänger daran, auf dem sein Name steht: F-I-N-N.

»Wo ... wo hast du den denn her?«, stottert er überrascht.

Mama durchbohrt ihn mit ihren Röntgenaugen.

»Ich war bei Özkan Brötchen holen. Er hat ihn gefunden. Er lag unter einem Regal. Özkan hat gesagt, dass ihr am Abend dort wart, als ich in Frankfurt war.«

»Äh, ja«, sagt Finn und guckt wieder kurz zu Jola. »Wir wollten uns noch was kaufen …«

»Soso«, sagt Mama und ihre Stimme wird immer eisiger. »Was denn?«

»Kaugummi«, sagt Finn.

»Und wie seid ihr dann wieder in die Wohnung gekommen? Ohne Schlüssel?«

Finn gerät ins Schwitzen. »Wir … wir haben den Ersatzschlüssel bei Berke geholt.«

»Hmmmm«, sagt Mama und wendet sich wieder ihrem Laptop zu. Sie tippt etwas in die Tasten. Finn will schon aufatmen, da dreht Mama den Bildschirm, sodass Finn und Jola ihn auch sehen können.

»Ich hab *noch was* gefunden.«

Auf dem Bildschirm öffnet sich ein Video-Fenster. Darüber steht »Meute-Rave #3 – Grenzlegal in Haselhorst«. Das Video beginnt zu laufen und Finn spürt, wie ihm das Blut in den Kopf schießt. Man sieht die tanzende Meute. Die Kamera zoomt in die Menge und erfasst Jola, Carlo und Finn, die mittendrin wild abhotten. Sie werfen die Arme in die Luft und schmettern aus vollen Kehlen den Refrain mit. *Heute! Leute!*

Fette Beute! ... Wir sind die Meuuuuute ... die wiiiiilde Meuuuuute ...

»Das seid doch ihr«, sagt Mama und schaut auf das Video wie eine Forscherin, die gerade eine neue Insektenart entdeckt hat.

Finns Mund ist auf einmal ganz trocken. »Wie ... wo ...«, stammelt er, »woher hast du das?«

»Volki hat mir den Link geschickt. Er hat ihn von Archibald bekommen. Leo war nämlich auch da. Er hat das Video geschnitten und ins Netz hochgeladen.«

Finn schluckt. Ausgerechnet Leo!

»Ich glaube, ihr seid mir eine Erklärung schuldig«, sagt Mama und dabei klingt ihre Stimme gefährlich ruhig.

Finn weiß, dass es sinnlos ist, weiter zu lügen.

»Ja, wir waren da ... auf der Party ... wir hatten uns ausgeschlossen ... und Laura und Berke waren ja im Theater und wir konnten den Ersatzschlüssel nicht holen ...«

Jola springt ihm endlich bei und versucht die ganze Sache runterzuspielen.

»Das war nur so ein kleiner Open Air Rave.«

»Ein kleiner Open Air Rave«, wiederholt Mama. »Aha. – Und habt ihr dabei auch Alkohol getrunken?«

Finn läuft der Schweiß jetzt in Strömen unter den Achseln. »Na ja ... ja ... aber nur ein bisschen ...«

»Ein Bier«, sagt Jola.

»Zu dritt«, ergänzt Finn eilig.

Aber Mama ist jetzt richtig sauer. »Ihr spinnt ja wohl völlig! Da lasse ich euch einmal alleine und ihr habt nichts Besseres zu tun, als euch zu besaufen?! Wer hat euch das Zeug gegeben?! Kinder unter 14 dürfen überhaupt keinen Alkohol trinken! Das ist gesetzlich verboten!«

»Das wussten wir nicht«, sagt Jola kleinlaut.

Finn starrt betreten auf seine Fußspitzen.

Mama schaut wieder auf das Video, wo Finn, Jola und Carlo jetzt schlafend in der Hängematte liegen. Im Vordergrund schwenkt Lasse eine Bierflasche und grimassiert wild in die Kamera. Er verdreht die Augen und lässt die Zunge raushängen, als sei er sturzbesoffen. Die Kamera schwenkt zu Bosse, der dem schlafenden Carlo gerade mit einem dicken Filzer Schnurrhaare ins Gesicht malt.

»Da hattet ihr ja richtig Spaß«, sagt Mama. Aber ihr Gesicht sieht gar nicht nach Spaß aus. »Wie seid ihr dann überhaupt nach Hause gekommen?«

»Mit dem Meute-Express«, erklärt Finn, ohne aufzublicken. »Also mit der U-Bahn. Und dann haben wir den Schlüssel geholt und ...«

»... dann seid ihr hier in der Wohnung eingeschlafen.«

Finn nickt und wartet bang auf das, was als Nächstes kommt. Wenn Mama einmal richtig sauer ist, ist nichts mehr zu machen. Dann kann man nur noch in Deckung gehen und auf bessere Zeiten warten. Wieso musste das alles bloß passieren? Ausgerechnet jetzt, wo Jola da ist und er sich so auf diese Woche gefreut hat. Okay, das mit dem Bier war wirklich dumm, aber noch dümmer ist, dass Leo alles filmen und ins Netz stellen musste.

Mama stoppt das Video. Auf einmal fangen ihre Schultern an zu zucken. Finn guckt erschrocken: Oh, nein! Fängt Mama jetzt etwa an zu weinen?! Aber es klingt eher wie ein unterdrücktes Lachen. Jola schielt irritiert zu Finn. Und da kann Mama nicht mehr an sich halten und es platzt aus ihr heraus, sie lacht und lacht und kriegt sich überhaupt nicht mehr ein. Finn versteht gar nichts mehr. Ist Mama jetzt irgendwie verrückt geworden?

»Ich dachte, du bist sauer?«, fragt er verzagt.

Mama stoppt das Video. »Bin ich auch!« Sie wischt sich die Lachtränen aus den Augen. »Aber ich bin auch froh, dass euch nichts passiert ist, und irgendwie ist das Ganze auch irre komisch.«

»Kann man so sagen«, stimmt Jola zu und grinst.

Aber sofort wird Mamas Gesicht wieder ernst. »Ich will gar nicht erst, dass ihr anfangt zu glauben, dass man *nur mit* Alkohol feiern kann. Das geht auch *ohne* ganz wunderbar.« Sie fixiert Finn scharf. »Und *eigentlich* will ich auch nicht, dass du mich anschwindelst, sondern dass du mir die Wahrheit sagst.«

»*Eigentlich* hab ich ja auch nur ein ganz klein bisschen geschwindelt«, sagt Finn. »Du hast nur gefragt, *ob* wir Party gemacht haben. Aber nicht *wo*.«

»Das kann ich bezeugen!«, pflichtet Jola Finn bei.

»Ihr wisst schon, was ich meine«, sagt Mama. »Ihr seid erst 12 und das ist *definitiv* zu früh, um die ganze Nacht unterwegs zu sein und Bier zu trinken. Ich war 15, als ich das erste Mal bis Mitternacht ausgehen durfte. Opa Klaus wäre ausgerastet, wenn ich erst am nächsten Morgen nach Hause gekommen wäre.«

»Opa Klaus ist aber auch ein bisschen altmodisch«, sagt Finn.

»Das hat mit altmodisch nichts zu tun«, widerspricht Mama. »Wenn euch die Polizei aufgegriffen hätte, hätte ich euch auf der Wache abholen können und wäre wegen Verletzung der Aufsichtspflicht dran.«

»Puh«, sagt Finn, dem bei dem Stichwort ›Polizei‹ ungute Erinnerungen hochkommen.

»Die hätten uns dann bestimmt in 'ne Gummizelle gesteckt«, kichert Jola und knufft Finn in die Seite.

»Ja, ihr lacht«, sagt Mama. »Volki fand das Ganze auch so witzig, dass er den Link gleich an alle Eltern verschickt hat.«

Jola wird blass. »Auch an meine Eltern?!«

Mama zuckt mit den Achseln »Ich misch mich da nicht weiter ein. Das müsst *ihr* jetzt miteinander klären.«

19.

Hausarrest mit Sahnehäubchen

Die Katastrophe hat nicht lange auf sich warten lassen. Am Nachmittag hat Jolas Vater angerufen und verkündet, dass Jola gleich morgen abgeholt wird. Einen Tag früher als ausgemacht.

»Dafür krieg ich mindestens einen Monat Hausarrest«, sagt Jola niedergeschlagen.

»Das ist einfach ungerecht.« Auch Finn ist total geknickt.

Er und Jola sitzen mit Carlo am Urbanhafen. Während draußen auf dem Wasser die Schwäne träge hin und her paddeln, rupft Finn Gras ab und wirft es den Enten hin. Dass die Woche mit Jola jetzt schon morgen vorbei sein soll, macht ihn ganz schlecht gelaunt und traurig. Und wenn Jola dann auch noch nach Amerika geht, ist heute womöglich der allerletzte Tag, den sie gemeinsam verbringen. Zumindest für lange Zeit ...

»Warum musste Papa das Video auch gleich allen schicken«, seufzt er.

»Meine Mamas haben nur ein bisschen geschimpft«, sagt Carlo. »Eigentlich sind sie ja dafür, dass ich selbstständig was unternehme. Nur das mit dem Bier fanden sie gar nicht gut. Ich musste mir einen stundenlangen Vortrag über Suchtgefahren bei Jugendlichen anhören.«

Finn nickt schwermütig. Wenn Jola schon morgen abgeholt wird, ist heute auch die letzte Chance, um Frau Buchborn noch einmal gemeinsam zu besuchen. Jola hat den gleichen Gedanken. »Wir müssen auf jeden Fall noch mal ins Altenheim«, sagt sie.

»Ich komm mit!«, sagt Carlo. »Sonst verpass ich wieder alles.«

Malwina hat natürlich auch schon von der Party-Geschichte gehört. »Na, ihr haut ja voll auf die Kacke«, begrüßt sie die drei grinsend. »Mama hat ganz aufgeregt angerufen: Papa springt im Dreieck.«

»Pfff«, macht Jola verächtlich.

Malwina versucht sie aufzumuntern. »Nichts wird so heiß gegessen, wie es gekocht wird. Papa kriegt sich schon wieder ein. Gerade ist er eh voll mit dem ganzen Auswanderungskram beschäftigt. Und wenn alles glattläuft, kannst du deinen Hausarrest dann gleich in Kalifornien antreten.«

»Sehr witzig«, knurrt Jola.

»Apropos, die Generalfeldmarschallin ist umgezogen.

Sie wohnt jetzt in der 110. Direkt gegenüber von ihrem alten Zimmer.«

Als Finn, Jola und Carlo die Tür öffnen, bleiben sie überrascht stehen. Frau Buchborn thront in einem Ohrensessel. Sie lässt das Käseblatt sinken, in dem sie gerade die neuesten Promi-Geschichten gelesen hat, und strahlt.

»Da staunt ihr, was, Kinder? – Ich hab jetzt ein Einzelzimmer!«

»Wie haben Sie das denn geschafft?«, fragt Finn.

»Manche Wünsche finden eben doch ihren Weg in Gottes Gehörgang«, sagt Frau Buchborn. »Die Frau, die vorher hier drin war, ist über den Jordan und jetzt kann ich das Zimmer erst mal haben.«

»Ohhh.« Finn, Jola und Carlo schauen sich leicht beklommen in dem Zimmer um.

»Nu macht mal nicht gleich ein Gesicht wie drei Tage Regenwetter«, sagt Frau Buchborn. »Das ist hier eben so. Und nach mir freut sich dann wieder jemand anderes über das Zimmer.«

»Es sieht auf jeden Fall sehr gemütlich aus«, sagt Jola.

Frau Buchborn lächelt. »Es ist schön, ein Zimmer für sich zu haben. Aber manchmal ist es auch ein bisschen einsam. Umso mehr freu ich mich, dass ihr gekommen seid – und gleich alle dreie!«

»Wir wollten Sie eigentlich fragen, ob Sie mit uns eine stauben gehen wollen«, sagt Jola.

Finn präzisiert: »Also wir würden mit Ihnen vor die Tür gehen. Und wir passen auf, dass nichts passiert.«

»Und dass Sie nicht wieder abhauen«, sagt Jola und grinst.

Jetzt strahlt Frau Buchborn noch mehr. »Das wär echt dufte! – Aber vorher trinken wir einen Kakao. Ich hab mir extra welchen von dem dicken Pfleger besorgen lassen. Mit Sprühsahne!«

»Ich liebe Sprühsahne!«, ruft Jola.

Finn gießt den Kakao aus der Flasche. Carlo hält die Becher. Und Jola sprüht auf jeden einen gewaltigen Sahne-Berg. Sie wollen gerade anfangen zu trinken, da klopft es an der Tür.

»Herrrrrein!«, ruft Frau Buchborn. Die Tür geht auf und Knöllchen steht mit ihrem Rollator im Rahmen.

»Halloooo«, sagt sie. »Ich bins.« Sie nimmt einen Teller aus dem Korb des Rollators. »Ich hab was mitgebracht.«

Finn und Jola schauen auf den Teller. Er ist voller Knöllchen! »Die sind ganz frisch«, Knöllchen lächelt stolz.

Frau Buchborn wirft Finn, Jola und Carlo ihren Ich-sags-doch-voll-plemplem-Blick zu. Aber heute ist sie trotzdem gnädig: »Na, komm schon rein, Dorchen. Es gibt Kakao.«

Finn schenkt einen weiteren Becher ein und Jola macht Sprühsahne drauf. Knöllchen schiebt ihren Rollator in die Runde und setzt sich.

»Ich vermisse dich ganz doll, Ursel«, sagt sie. »Alleine ist es nur halb so schön. Und ich hab doch immer so viel Gebäck …« Knöllchen reicht den Teller herum und alle nehmen sich ein Papierkügelchen. Dann trinkt Knöllchen laut schlürfend von dem Kakao. Und als ihr Gesicht wieder aus dem Becher auftaucht, sitzt ein weißes Sahnehäubchen auf ihrer Nase. Finn, Jola und Carlo lachen und trinken absichtlich so, dass sie auch Sahnehäubchen auf den Nasen haben.

»Sahneknöllchen!«, ruft Jola.

Finn prustet vor Lachen. Und Carlo, der mit der Zunge bis an seine Nasenspitze kommt, leckt sein Sahnehäubchen ab.

Frau Buchborn schüttelt nur den Kopf. »Kinder, ihr seid albern.«

Aber sie ist auch ein kleines bisschen gerührt. Darüber, dass Knöllchen gesagt hat, dass sie sie vermisst. Das sieht Finn ganz genau.

»Du kannst mich immer besuchen, Dorchen«, sagt Frau Buchborn großzügig, »und umgekehrt komm ich ganz bestimmt auch mal zu dir.«

»Oh, ja«, sagt Knöllchen und plinkert wieder mit ihren großen blauen Augen.

Finn wird es ganz warm ums Herz. Und es tut auch ein bisschen weh, als er Jola anschaut und daran denkt, dass sie vielleicht bald nach Amerika gehen wird, und er fragt sich, ob sie sich dann trotzdem auch wieder besuchen werden?

Später begleiten die drei Frau Buchborn mit Malwinas Erlaubnis noch vor die Tür, und sie raucht außerhalb des Geländes eine Zigarette. Dann ist es Zeit, sich zu verabschieden. Finn und Carlo versprechen, dass sie bald wiederkommen. Frau Buchborn drückt Jola die Hand. »Du bist 'n feiner Mensch. Bleib so und lass dich nicht unterkriegen.«

Danach fahren sie mit der U-Bahn zurück. Sie sitzen schweigend im Wagen und hängen ihren Gedanken nach. Als die Bahn an der Versickerungsstelle aus dem Tunnel auftaucht, flackert die Abendsonne durch die Streben des Viaduktes in die Fenster. Traurig schaut Finn auf die vorbeiziehenden Häuser. Er denkt, dass in jedem davon schon so viele Menschen gewohnt haben, und immer wieder werden neue geboren und andere sterben. Am Kottbusser Tor steigen sie aus. Wo Broken Leg stand, sitzen jetzt zwei Punks mit einem Hund.

Vor Carlos Hauseingang ist der nächste Abschiedsmoment gekommen.

»Ey, Jola …«, sagt Carlo und weiß nicht weiter.

Jola umarmt ihn kurzerhand. Carlo kriegt einen roten Kopf. Finn spürt wieder einen kleinen Stich.

Aber da lässt Jola Carlo schon wieder los. »Echt stark, dass wir uns kennengelernt haben, *Matschoplatscho*.«

Carlo grinst. »War mir 'ne Freude, mit dir zu zocken, *Killa-Q*. Falls die Amis euch doch nicht reinlassen, ziehste einfach nach Berlin. Is auch 'ne Weltstadt.«

»Yesss!«, seufzt Jola. »Ich könnte bei Malwina wohnen. Und mit euch auf die Schule gehen. Das wär der Oberhammer!«

Finn stellt es sich vor und sofort macht sein Herz vor Freude einen Hüpfer. Das wär der absolute Ober-Ober-Oberhammer! Aber dann denkt er, dass Jolas Eltern sie nie alleine nach Berlin ziehen lassen würden. Selbst wenn sie nicht nach Amerika auswandern sollten, sondern in Vehlefanz wohnen bleiben würden.

20.

Finni-Puh oder Auf Wiedersehen in San Francisco

Zu Jolas Ehren sind sie alle da: Finn, Mama, Papa, Mukhtar und auch Teps merkt, dass etwas Besonderes vor sich geht, und scharwenzelt aufgeregt um die vielen Beine herum. Papa hat Finn und Jola zugezwinkert. »Na, ihr Nachtschwärmer.« Es tat ihm leid, dass er das mit dem Video gleich an die große Glocke gehängt hat. »Aber so ganz korrekt war die Partyaktion ja auch nicht«, hat er dann hinterhergeschoben. Finn und Jola haben nur genickt. Was sollten sie auch sagen? Jetzt ist eh alles zu spät.

Als es klingelt, öffnet Mama schnell die Tür. Ewa und Jacek kommen die Treppe hoch. Jola rechnet mit dem Schlimmsten, aber ihr Vater ist bester Laune.

»*We got it*«, ruft er und wedelt mit einem amtlichen Papier durch die Luft. »Die *Green Card*. Nächsten Monat kann ich anfangen!«

»Papa hat die Arbeitserlaubnis bekommen«, ruft Ewa ganz aus dem Häuschen. »Wir haben gerade die Visa auf der

Botschaft abgeholt! Deswegen sind wir auch einen Tag früher gekommen.«

Jacek hebt Jola in die Luft: »In zwei Wochen fliegen wir nach San Francisco!«

»So schnell schon?«, fragt Jola verblüfft und strampelt sich frei.

»Wir können erst mal bei Onkel Krzysztof wohnen.« Ewa streichelt ihr über die Wange. »Es war bis zuletzt nicht ganz klar, ob es klappt. Aber jetzt haben wir alle nötigen Bewilligungen.«

»San Francisco!« Jola macht einen Luftsprung und schaut Finn mit leuchtenden Augen an. »Dann komme ich da auf eine neue Schule?«

Ewa nickt. »Du wirst perfekt Englisch lernen!«

Finn, der die ganze Zeit nur zugehört hat, spürt, wie sich wieder der dicke Kloß in seinem Hals bildet. Einerseits freut er sich für Jola. San Francisco! Das klingt so aufregend. Aber es klingt auch so entsetzlich weit weg.

»San Francisco«, wiederholt Jola, die es immer noch nicht fassen kann.

»Es ist toll da«, sagt Papa. »In meiner Zeit als Programmierer war ich da mal auf einem Kongress. Ihr müsst unbedingt mit dem Fahrrad über die Golden Gate Bridge fahren!« Papa geht in die Küche. »Und jetzt gibts was zu essen«, verkündet er. »Ihr habt hoffentlich alle Hunger?«

»Und wie, Volker!«, sagt Ewa und folgt ihm. »Ich bin schon so gespannt auf deine neuen Rezepte!«

Die Teller sind leer. Alle sitzen satt am Tisch. Papa hat Seitan-Rouladen aufgefahren und Mama hat die Sektkorken knallen lassen, um anzustoßen. »Auf San Francisco!« Obwohl sie Finn und Jola doch gestern erst lang und breit erklärt hat, wie unnötig Alkohol zum Feiern ist. Erwachsene können manchmal einfach so inkonsequent sein. Papa kniet vor Mamas Anlage und verbindet sein Handy damit. Die Anfangsakkorde von *If you're going to San Francisco* … ertönen.

»Scott McKenzie! Jawoll!« Jacek streicht über seinen Schnauzbart und greift nach Ewas Hand, um mit ihr zu tanzen. Papa dreht lauter und singt voller Inbrunst mit *If you're going to Saaaaan Fraaancisco* … Er fängt ebenfalls an zu tanzen. Mama lacht, wirft die Arme hoch und lässt ihr Becken kreisen … *be sure to weaaaar some flowers in your haaaair* … Mukhtar tanzt lässig auf sie zu. Finn und Jola schauen sich an. Es sieht echt oberpeinlich aus, wie die Erwachsenen zu fünft auf Socken über die Wohnzimmer-Dielen schwofen. »Los, ihr müsst mittanzen!«, ruft Volker. Mama nickt. Mukhtar klatscht in die Hände. »Kommt schon!«

Aber Finn und Jola bleiben sitzen. Finn schüttelt den Kopf. »Nee, das ist alte Musik.«

Da grinst Volker und fummelt an seinem Handy. Plötzlich wummern fette Bässe aus den Boxen. »Was ist das denn, Volker?«, fragt Ewa erstaunt.

Es sind die Anfangstakte der Meute-Hymne. *Heute, Leute, tobt die Meute ... machen alle fette Beute ... feiern Party ohne Ende ... gehen ab auf dem Gelände ...* Mama lacht. »Das ist *junge* Musik!« Und jetzt gibt es für Finn und Jola kein Halten mehr. Sie stürzen ebenfalls auf die Tanzfläche und hüpfen und pogen. Und die Erwachsenen machen mit. Und am Ende grölen sie alle zusammen den Refrain: *Heute! Leute! Fette Beute! ... Wir sind die Meuuuuute ... die wiiiiiilde Meuuuuute ...* So lange und so laut, bis es klingelt und Berke vor der Tür steht. Er fragt besorgt, ob alles in Ordnung ist. Und Mama entschuldigt sich mit hochrotem Kopf und sagt, dass sie nur kurz etwas gefeiert haben und die Musik gleich leiser drehen. Und Berke sagt, es sei gar nicht schlimm. Er habe nur gedacht, dass die Kinder vielleicht wieder alleine seien, und er mal nach dem Rechten sehen wollen.

Finn und Jola haben sich in Finns Zimmer zurückgezogen. Jola packt ihre Sachen und ist immer noch ganz aufgedreht. »San Francisco! Als Erstes geh ich auf die Golden Gate Bridge und zu den Seelöwen!« Finn ist auf das Hochbett geklettert, um Jolas Schlaf-T-Shirt zu holen. Und als er damit wieder runterklettert, plumpst ihm das Gefühl von Traurigkeit, das schon die ganze Zeit über ihm geschwebt hat, mit voller

Wucht in den Bauch. Und da liegt es so schwer, dass er auf einmal keinen Schritt mehr tun kann und kein Wort mehr herausbringt. Jola schaut ihn an und versteht. Es geht ihr ja genauso. So stehen sie einfach nur da und Finn hat das Gefühl, dass es ihm das Herz zerreißt, wenn Jola jetzt gleich für immer gehen wird. Und Jola hat das Gefühl, dass sie zwar platzen könnte vor Vorfreude auf alles, was kommt, aber dass ihr Finn dabei unendlich fehlen wird.

»Finn«, sagt sie leise.

Finn schluckt. »Ja?«

»Ich werd dich vermissen. Hundert Prozent.«

»Ich dich auch«, sagt Finn und hält Jola schnell ihr Schlaf-T-Shirt hin. Dabei würde er so gerne seine Nase hineinpressen, um noch einmal den Jola-Geruch zu riechen, den er so mag. Jola greift nach dem Shirt und dabei berühren sich ihre Finger. Ganz leicht. Finn schließt die Augen. Und dann greift er nach Jolas Hand. Und Jola greift nach seiner. Und sie halten sich fest. Hand in Hand. So wie auf der Meute-Party. Und Jola schließt ebenfalls die Augen. Und auf einmal ist es so, als würden sie beide schwerelos in die Luft fliegen.

»Jola«, flüstert Finn.

»Ja«, antwortet Jola.

»Ich glaub, ich bin ver–«

»Finn!« Jola reißt die Augen auf.

Rumms! Finn landet unsanft wieder auf dem Boden.

»Wir haben uns geschworen, dass wir nie so werden wie die Erwachsenen!«

Finn nickt eilig und spürt, wie er knallrot wird. »Ja, stimmt.«

»Also.« Jola macht eine schnelle Vorwärtsbewegung und drückt ihre Lippen auf Finns Mund. Ganz zart. Und ganz kurz. Und so, dass Finn ganz heiß wird: War das ...!? War das etwa ...?! Aber bevor er weiter drüber nachdenken kann, hat Jola ihn schon gepackt und in den Schwitzkasten genommen. »Jetzt hab ich dich.«

Finn packt ihren Arm und versucht sich aus der Umklammerung zu lösen. »Na, warte.« Sie ringen keuchend miteinander.

Da ertönt die Stimme von Jacek aus dem Flur. »Jolanta?«

Ewa erscheint in der Tür. »Na, was macht ihr denn hier?«, fragt sie erstaunt. »Streitet ihr euch etwa?«

Finn und Jola lassen einander sofort los. Sie atmen schwer und schütteln schnell ihre vor Anstrengung geröteten Köpfe.

»Nee, gar nicht«, sagt Jola. »Gehen wir jetzt?«

»Ist schon spät«, sagt Ewa.

Finn, Mama, Mukhtar und Papa bringen Jola und ihre Eltern zum Auto. »Es war schön, dass du bei uns warst, Jola«, sagt Mama.

»Du bist jederzeit wieder willkommen«, sagt Papa.

»Ich hab noch was für dich«, sagt Mukhtar und gibt Jola ein Foto. »Das hat der Setfotograf gemacht.« Auf dem Bild sind Finn, Jola und Carlo bei ihrem Komparsenauftritt zu sehen.

»Danke«, sagt Jola gerührt.

Alle umarmen sich, und Jacek, Ewa und Jola steigen ein.

Als der Wagen aus der Parklücke fährt, winken alle. Die Rücklichter leuchten durch die Nacht. Finn sieht Jolas Gesicht hinter der Heckscheibe, das immer kleiner wird. Er kämpft mit aller Kraft gegen die Tränen an. Aber die laufen einfach los. Eine nach der anderen kullern sie über seine Wangen.

Papa legt Finn behutsam die Hand auf die Schulter. »Bist du sehr traurig?«

Finn schnieft nur leise.

»Ihr werdet euch bestimmt wiedersehen«, sagt Mama.

Mukhtar nickt. »Und zum Glück gibt es ja auch das Internet.«

Da hatte Mukhtar recht. Als Finn wieder in der Wohnung ist und alleine in seinem Zimmer auf dem Hochbett liegt, auf der Seite, wo sonst immer Jola lag, macht sein Telefon leise: *Ping!* Eine Nachricht von Jola.

Finni-Puh,
na, flennste immer noch?

Ich habs mir die ganze Zeit verkniffen. Und jetzt hier hinten im dunklen Auto sieht mich ja keiner.
Es ist wirklich schlimm, dass bald ein ganzer Ozean zwischen uns liegt. Und dazu noch die Zeitverschiebung. Aber wir können uns ja immer schreiben.
Was ich noch sagen wollte: Ich bin so froh, dass Onkel Wojciech damals in das Polizeiauto gerumst ist und wir uns getroffen haben. Du bist der tollste Mensch auf der ganzen Welt.
Und können wir uns eine Sache versprechen? Nämlich, dass wir uns wiedersehen. Diesmal bist du wieder dran mit Besuchen. Wenns früher nichts wird, dann treffen wir uns allerspätestens im Sommer, wenn wir beide 18 sind, mitten auf der Golden Gate Bridge. Versprochen?

Finn tippt nur ein Wort.

Versprochen.

* * *

Anhang

Das Rezept für die Bärlauch-Tofu-Buletten

Natürlich streng geheim!

Zutaten für 4 Personen:

3 frische Bärlauchblätter oder 1 Teelöffel Bärlauchpesto
300 g Tofu natur (am besten aus regionaler Herstellung und bio)
2 mittelgroße Zwiebeln
60 g Paniermehl (das sind Semmelbrösel)
120 g Haferflocken
ca. 2 Teelöffel Salz und reichlich frisch gemahlener schwarzer Pfeffer (fünf bis zehn Mal an der Mühle drehen)
Paprikagewürz, eine Prise Zimt
reichlich Öl zum Braten
2–3 Teelöffel Senf

Arbeitszeit: ca. 30 Min.

Zubereitung:

Bärlauchblätter waschen.

Tofu in Schale geben und mit der Hand oder einer Gabel zerdrücken, bis die Masse zerbröselt ist.

Zwiebeln schälen, zerteilen und zusammen mit den Bärlauchblättern in einen (Multifunktions-)Mixer geben (Deckel nicht vergessen!). Alles fein zerhacken. Falls ihr keinen Mixer habt, kannst du die Zwiebeln und den Bärlauch auch mit einem Messer so fein wie möglich zerhacken.

Die Masse zum zerdrückten Tofu in die Schale geben. Dazu kommen die Haferflocken, Semmelbrösel, Salz, Pfeffer, Paprikagewürz und Zimt, sowie das Bärlauchpesto, wenn du keinen frischen Bärlauch hast.

Dann das Ganze mit der Hand oder der Gabel verkneten.

Den Teig 10 Minuten quellen lassen. Er sollte sich danach gut formen lassen. Falls er zu trocken ist, einfach ein bisschen Wasser dazugeben.

Aus dem Teig mit den Händen fünf bis zehn flache Buletten formen. Das Öl in der Pfanne erhitzen.

Die Buletten mit einem Pfannenwender in die Pfanne legen (Achtung, das Öl ist heiß!) und bei mittlerer Hitze auf jeder Seite ca. 6 Minuten braten, bis die Buletten schön knusprig sind.

Aus der Pfanne nehmen und essen. Guten Appetit!

Die Buletten sind vegan. Denn, wie Carlos Mamas sagen: »Vegan ist das neue Vegetarisch.«

Wahlweise kannst du statt Bärlauch auch Knoblauch, Basilikum, Rosmarin, Minze, Chili oder Ingwer nehmen, ganz nach deinem Geschmack. Experimentiere einfach und erfinde deine eigenen Rezepte.

Martin Muser macht auch manchmal Party. Und aus der Wohnung ausgeschlossen hat er sich zuletzt vor zwei Jahren (kam aber zum Glück mit dem Kreditkartentrick wieder rein).

Geboren wurde er 1965 in Schwaben. Seit 1987 lebt und arbeitet er in Berlin. Wenn er nicht Kinderbücher schreibt, denkt er sich Drehbücher fürs Fernsehen aus. Am liebsten Krimis. Er kann auch prima Nachtisch machen und auf den Fingern pfeifen.